# 大道相通

## 中国国航八大制胜方略

# ROUTE TO FLY

李家祥 著

机械工业出版社
China Machine Press

本书作者李家祥是中国航空集团公司总经理、国航股份的董事长，一位拥有近40年军龄的企业家。在本书中，李家祥结合古今军事战略思想解读企业经营管理之道，其内容深入涉及企业经营管理发展最核心的八个问题——开局、定位、用人、品牌、管控、资本运作、未来战略和思维方式。通过对国内外航空业界的发展介绍、权威数据的对比分析，特别是国航多年来实战案例的详尽介绍，李家祥向我们呈现了鲜为人知的当今世界航空业的整体生存环境和中国航空业近年来的发展态势。至于书中所蕴涵的经营思想特别是哲理思辨，则不独有益于航空界。

**版权所有，侵权必究**
**本书法律顾问　北京市展达律师事务所**

**图书在版编目（CIP）数据**

大道相通/李家祥著．–北京：机械工业出版社，2008.1
ISBN 978 – 7 – 111 – 22371 – 9

Ⅰ．大…　Ⅱ．李…　Ⅲ．航空运输–运输企业–企业管理–研究–中国　Ⅳ．F562.6

中国版本图书馆 CIP 数据核字（2007）第 145240 号

机械工业出版社（北京市西城区百万庄大街22号　邮政编码　100037）
责任编辑：李欣玮
北京牛山世兴印刷厂印刷·新华书店北京发行所发行
2008 年 1 月第 1 版第 2 次印刷
170mm×242mm·16 印张（彩插 0.25 印张）
定价：　48.00元（精装）

2004 年 10 月 9 日，中航集团总经理、国航董事长李家祥陪同法国总统希拉克视察中法合资公司四川斯奈克玛飞机工程维修有限公司。

2002 年 12 月，参加波音与中国合作 30 周年庆祝活动时，中航集团总经理、国航董事长李家祥与基辛格博士交谈。

2006 年 4 月 12 日，中航集团总经理、国航董事长李家祥应邀到美国哥伦比亚大学讲演，其治企理念、兴企之道受到了包括诺贝尔经济学奖获得者、"欧元之父"——蒙代尔在内的国际知名学者的好评。

2004 年 12 月 15 日，国航股份股票在香港联合证券交易所和英国伦敦证券交易所同时上市交易，融资 10.80 亿美元。

　　2005 年 9 月 26 日，中航集团总经理、国航董事长李家祥被推举为"中国航空运输协会"理事长。第十届全国人大副委员长何鲁丽和李家祥共同为中国航空运输协会成立挂牌。

　　2006 年 11 月 13 日，北京奥组委主任蒋效愚（中），民航总局副局长杨国庆（左 2），中航集团总经理李家祥（右 2），国航党委书记、国航奥运工作委员会主任蔡剑江（左 1），奥运冠军邓亚萍（右 1）共同启动揭幕仪式。

2005年春节期间，国航台商包机飞抵台北机场，在台北李家祥向中华航空公司董事长江耀宗赠送锦旗。

2007年1月20日，中航集团总经理、国航董事长李家祥在"2006CCTV中国经济十大年度人物"的颁奖典礼上，接受中央电视台记者王小丫的采访。

# 书　评

　　从横刀立马的将军到中国最大航空公司的领军人物，李家祥先生以他传奇的经历、独到的见解、诙谐生动的语言，讲解带兵打仗与企业管理、做人与做事的相通之道。有志于从事管理工作的读者，将会受益匪浅！

经济学家、中国经济研究中心主任

林毅夫

　　国航的职业化和正规化经营与管理需要一个有眼界、善思考、敢拍板、重行动、愿担当的领军者，李家祥先生的《大道相通》无疑让我们看到了希望。出言掷地有声，行事遒劲酣畅。基层问题理解透彻，大局思考把握得当。既注重典型事件与象征意义，亦强调人尽其责与流程规章。在报效国家与坚决完成上级指派任务的使命感背后，流露出的其实是对组织管理实质性问题的深入思考与大胆探索，不经意间闪烁着实践理性的光辉。

北京大学管理学教授

马浩

　　在李董事长的带领下，国航已成为中国最具持续赢利能力的航空公司。不论是从航线结构还是从与国泰的战略合作角度，国航都已成为一家国际化的航空公司。中国从计划经济转向市场经济是近百年来影响全球最重大的事件之一，本书正描述了在此过程中，中国国有企业为提高在全球市场的竞争力而经历的艰难漫长的改革重组之路。

罗尔斯·罗伊斯国际有限公司首席执行官

罗世杰爵士（Sir John Rose）

作为一名颇具远见的领导者，李家祥董事长带领国航从 2000 年的亏损企业一跃成为今天中国赢利能力最强的航空公司。军人出身的他成功地运用军队严格的纪律与管理，带领国航度过了全球航空业的低迷时期。本书正向读者展示了这一精彩的转变过程，并强调了正确的战略和有力的团队支持在这一过程中的重要作用。

美国联合航空公司首席执行官

谭凯翔（Glenn Tilton）

李家祥先生所著的《大道相通》融合了他丰富的商业经验和个人智慧。阅读此书，读者将折服于字里行间的智者之道，同时也会惊叹于李董事长引领国航走向国际的成功之路。

通用公司董事长兼首席执行官

杰夫·伊梅尔特（Jeffrey Immelt）

我与李董事长相识多年。作为真正的行业领导者，他拥有非凡的远见以及实现蓝图所需的管理能力。李董事长正在带领国航进行开拓性的转型，使公司不断向成功与卓越迈进。他的新书《大道相通》是非常值得阅读的作品。

波音公司民机集团执行副总裁

拉里·迪肯森（Larry S. Dickenson）

李家祥董事长是国际航空界备受敬仰的行业领袖。他为国航打出一场漂亮的"翻身仗"，将国航从一个亚洲地区的区域航空公司转型成全球性的航空集团，并取得卓越的业绩。作为国航的长期合作伙伴，汉莎公司有幸亲见国航的成功之路，期望国航加入"星空联盟"之后会有更广阔的前景。恭贺李董事长的新书《大道相通》出版，我们深信本书亦将受到世界的瞩目。

汉莎航空公司首席执行官

沃尔夫冈·麦亚胡伯（Wolfgang Mayrhuber）

汉莎航空公司执行董事会成员

斯蒂芬·劳尔（Stefan H. Lauer）

本书从独特的角度对中国经济近年来取得的巨大成就作出了阐述，并将个人成就生动展示在广大读者面前。航空业对于国民经济的贡献及其连通世界的特性为中国的转型和融入世界提供了理想的平台，而国航与国际主要航空联盟——"星空联盟"的结合则进一步加速了中国航空业影响全球经济发展的进程。

欧洲委员会驻华代表团副大使

迈克尔·帕尔什博士（Dr. Michael Pulch）

李董事长是一个不同寻常的人。他极富远见、幽默感，气度不凡，而且善于谈判。他性格开朗且见识广博，与他相处是一件愉快的事。虽然李董事长掌舵国航的时间并不长，但是今天的国航已经成为一家赢利能力强、专注度高而又富有活力的公司。通过本书读者将了解这个富有才华的人，以及他对商业、领导力、管理和人生的独特见解。

国泰航空主席

白纪图（Christopher Pratt）

欣悉家祥先生即将出版《大道相通》一书，充满期待。无论是领导军队，还是管理企业，都要有远大的目光及长远的策略，因才而用，家祥先生无疑是一位军、政、商兼通的全才。希望从他书中的实例分析中，我们可以学到"大道相通"的道理。

太古中国有限公司主席、国泰航空副主席

陈南禄

"善弈者谋势"，正是家祥董事长最好的写照。他的重组业务计划让北京成为世界大道上最重要的枢纽之一，不仅使中国国际航空公司的成就成为现代企业管理的典范，让全球经济的荣景更为耀眼，更促进了东西方文化的沟通，朝世界大同的远景迈出了一大步。《大道相通》必将是流传后世的经典之作。

大韩航空公司总括社长

李钟熙

恭贺本书的成功出版！拜读本书后，对李董事长为中国航空事业的发展所作出的巨大贡献深感钦佩。

全日空航空公司董事长

大桥洋治

李家祥先生的第一部著作《大道相通》融入了李先生迅速的判断力、战略性思考和满腔的热情。作为军人和企业家的各种宝贵经验能给所有想成为全球性领导者的人们以极大的帮助。

锦湖韩亚集团会长、韩亚航空会长

朴三求

# 楔 子

人生就像奔涌河流中的一滴水，你不知哪朵浪花会把你推到什么位置。

2000 年 11 月 10 日的傍晚，任兰州军区空军驻西安某部少将政委的我，突然接到了一个紧急电话。这个电话是中央企业工委的组织部长越过总政，越过空军，直接打到我所在的部队的。

"李政委，这是一项紧急调动任命，请你连夜来北京报到。"

作为一名现役军人，我的调动，是需要通过解放军总政治部或空军的干部系统来进行的。然而电话那端，中央工委的同志严肃而坚决地说："这些问题由我来协调。我查过，今天晚上最后一次航班是 8 点 40 分，你必须坐这次航班赶到北京，才能够参加明天的活动。"

直觉告诉我，这是一次不寻常的调动。我立即拨通了兰州军区空军政委的电话。电话那头，政委说："家祥同志，军区空军也不知道此事，既然任务紧急，你先赴京，我再向上查询。"

我来不及更换便装，即刻启程赶往北京。

深夜，空军政委的办公室里灯火通明。政委同志面色凝重地说：

"这是一个政治任务，其他事情你到民航报到之后再说。"

次日清早，在国航数百名高管人员参加的干部大会上，我一身戎装，被宣布出任中国国际航空公司（以下简称国航）党委书记。时任民航总局副局长的王开元同志调任国航总裁，我们将一同搭班子。原国航的9名领导被调整了6名，一个新的指挥班子接手了国航这个中国民用航空巨舰的指挥权，而这次调动也改变了我的职业轨迹。

# 目 录

上接着打，先要收拢部队，重新编组，另行确立行动方向。企业亏损后，同样面临一个收拢重组，确立行动方向的问题，也就是定位问题。

## 第三章　用人之道 / 59

企业的管理，我归结起来就是四句话：把员工队伍特别是干部队伍摸得透透的，把经营骨干用得顺顺的，把规章制度建得全全的，把全员素质提得高高的。

## 第四章　品牌之道 / 83

什么是企业品牌？其实，品牌就是企业的品质加牌子，是企业的内在品质通过外显牌子的反映。也就是说，"品质"是内容，"牌子"是形式。企业要打造品牌，首先必须打造企业的内在品质。

## 第五章　管控之道 / 113

市场经济如同汪洋大海，每个企业都是航行在其中的船只，要想达到胜利的彼岸，必须保持正确的航向，平稳行驶，规避各种风险，这就是企业管控。

## 第六章　资本之道 / 137

经营资本就是把这种企业较高的投资价值适时推向资本市场，使企业品牌中潜在的附加值变成可见的真金白银，并通过溢价把企业多年在打造品牌上的投入和所费心血形成的企业价值变为现实回报。

## 第七章　未来之道 / 171

　　企业的发展壮大取决于眼光。看不到明天就不会拥有未来，没有全球化视野就没有世界性竞争力。当今世界，全球航空运输自由化方兴未艾，国际航空公司联盟化和整合的浪潮一浪高过一浪。未来全球航空运输业的竞争格局已演变成联盟与联盟、超级承运人的网络与网络之间的竞争。

## 第八章　思维之道 / 193

　　一个人的思维方式和思想方法科学与否，决定着其行动最终结果的好与坏。思路是一个单位工作的"路线"，企业领导者的思路决定企业的经营战略、发展方向，从根本上决定企业今后的成败走向。

# 自 序

2006 年 8 月 18 日，在上海证券交易所三楼交易大厅，上百名民航业同仁和资本市场人士聚集于此，共同期待中国国航（601111）A 股鸣锣开市。上午 9 点 25 分，交易大厅内巨大的显示屏上瞬时跳出开盘价：2. 78 元。现场一片哗然。

开盘"破发"！此时此景，惟有全程参与了国航 A 股发行的人们，方能感受这是一种何等沉重的压力！10 天之前，国航刚刚大幅缩减了 A 股筹资规模，将发行价定在相对较低的 2.8 元，意在保障国内投资者的盈利空间和持股信心。然而，在油价飙升等一连串不利因素的打击下，民用航空运输业似乎已走进"冰河期"，悲观的氛围笼罩着市场。

"咱们走着瞧！"当日，在投资者答谢会上，面对人们纷纷投来的难以名状的目光，我没有回避，只说了这句后被人称为掷地有声的话。自信，来源于对情况的熟知和对自身正确的估量。新世纪的国航，历经国际航空市场的跌宕起伏，从未被困难所击倒。在国际航空协会 265家航空公司中，国航盈利额排在第 9 位。在国内，国航更是惟一一家自 2001 年以来连续保持盈利，并且盈利规模连年大幅提升的航空公司。2004 年国航的盈利规模占全国同行业盈利规模的 57.6%，而 2005 年这一数字达到 124.8%，到 2006 年这一数字则达到 186%。国航是应该得到市场认可的！在随后的半年内，国航的股票价格翻了 5 倍多，这一消息引来了阵阵惊呼！

从 2001 年"9·11"事件后全球航空业的破产浪潮，2002 年国内民航业重组和 2003 年非典肆虐，2004 年国际航油价格的持续上涨，压力之于国航已经是常态了。强者的真正强大在于内心的不屈和信心。2000 年 11 月，从空军奉调国航的那一刻起，我便告诫自己：带兵就要带出打胜仗的队伍，带企业就要带出受人尊敬的企业！今天，应该说，我们国航具有了这样的品质！

在数十年来商业航空无限风光的表象下，恐怕外人很少知晓，这个行业的从业者一直都在为利润率水平的稳定实现而绞尽脑汁。1947～2000 年，全球航空业的平均净利润率还不到 1%，而 1969～1994 年，全球最大的航空运输国——美国——的航空业也只是仅有一次达到了行业平均利润率的水平。国航近年来年均复合指数超过 15% 的增长速度，加之国航的一系列变革和快速崛起的发展进程，才为国航赢得了国内外同行的尊重。今天，我们可以自豪地说，除了航油、税收等客观因素外，国航的赢利能力已经可以与世界上任何一家航空公司相媲美；而作为一家上市公司，国航也为所有投资者创造了获得回报的良好环境。在 2006 年的一次出访中，墨西哥航空总裁不吝溢美之词，称赞国航"创造了世界航空业盈利的新模式"，这让所有的国航人在不安之余，也备感振奋！

"国航的经营诀窍究竟是什么呢?"越来越多的人开始追问。是成本控制、内部管控,还是市场组织、资本运作? 我只想真诚地说,盈利无秘诀。因为世间大凡秘诀都应该具备以下特征:首先是它的可复制性,秘诀都是可以掌握的,不可复制的不是秘诀;其次是它的无歧视性,它是每一个正常人都可以掌握的,而且一用就灵;再次是它的无时间性,秘诀在任何时候都是管用的;最后是它的无地域性,秘诀被放在哪里都行得通。这样放之四海而皆准的秘诀真的有吗? 如果有,那么天下就没有赔本的买卖了。

其实,一个企业的盈利不是一两句话可以说清楚的,盈利是一个系统工程,而经营企业本身就是一个探索事物基本规律的过程。从现象到本质,从形式到内容,正是这样的过程涵盖了我们全体国航人诸多的思考与实践。我只能说,这些年国航是在力求靠正确的思维方式和思想方法前进的,从高处的战略筹划到实际的一举一动,国航人根据自身的特点,遵循中国和世界民航业发展的规律,努力践行着企业发展从"必然王国"到"自由王国"的转变。而思维方式和思想方法正确与否,会最终决定一个人、一个团队、一个企业、一个政党,乃至一个国家发展的兴衰成败。

由于时间和精力有限,在本书十几万文字的写作中,虽然我无法完整地回忆并还原事件以及事件的经过,但时时闪现的记忆片断,却依然令我心潮澎湃。国航是中国惟一载国旗飞行的航空公司,它的发展关系着民族尊严和国家形象! 国航如今已迈进现代企业制度的治理构架——自主经营、自负盈亏、风险自担、回报股东,也正是因为这种管理理念的激励,才使所有国航人为公司走出连续亏损的困境而除弊兴利，勇往直前。在国航人的心目中，"连接地球，打造最具竞争力的航空公司"的战略目标清晰而坚定。这不仅仅是为了提升国航在世界的地位，更是为了公司的可持续发展和投资者的利益回报。国航将为此而不懈努力！

在这里，我不仅要感谢国航的全体员工，感谢为国航的发展付出了辛劳的历届领导者，更要感谢国家经济飞速发展的这个大环境。这个大环境不仅给国航和中国航空业带来广阔的市场空间，更使得新兴的中国民航业获得了快速壮大的机遇和条件。随着中国民航业管理体制改革逐步走向深入，对内逐步实施的"放松管制"，加快了航空运输市场化的进程；而对外应对"天空开放"，则加快了引进和竞合的步伐，越来越多的"中国之翼"正展翅翱翔，竞逐蓝天。这将给国航人更多学习和参照的样本，也将使我今天写下的这些文字更有意义。

历史正在翻过新的一页。发生在昨天和今天的故事，也许正在悄悄地影响明天……

"国航的经营诀窍究竟是什么呢?"越来越多的人开始追问。是成本控制、内部管控,还是市场组织、资本运作? 我只想真诚地说,盈利无秘诀。因为世间大凡秘诀都应该具备以下特征:首先是它的可复制性,秘诀都是可以掌握的,不可复制的不是秘诀;其次是它的无歧视性,它是每一个正常人都可以掌握的,而且一用就灵;再次是它的无时间性,秘诀在任何时候都是管用的;最后是它的无地域性,秘诀被放在哪里都行得通。这样放之四海而皆准的秘诀真的有吗? 如果有,那么天下就没有赔本的买卖了。

其实,一个企业的盈利不是一两句话可以说清楚的,盈利是一个系统工程,而经营企业本身就是一个探索事物基本规律的过程。从现象到本质,从形式到内容,正是这样的过程涵盖了我们全体国航人诸多的思考与实践。我只能说,这些年国航是在力求靠正确的思维方式和思想方法前进的,从高处的战略筹划到实际的一举一动,国航人根据自身的特点,遵循中国和世界民航业发展的规律,努力践行着企业发展从"必然王国"到"自由王国"的转变。而思维方式和思想方法正确与否,会最终决定一个人、一个团队、一个企业、一个政党,乃至一个国家发展的兴衰成败。

由于时间和精力有限,在本书十几万文字的写作中,虽然我无法完整地回忆并还原事件以及事件的经过,但时时闪现的记忆片断,却依然令我心潮澎湃。国航是中国惟一载国旗飞行的航空公司,它的发展关系着民族尊严和国家形象! 国航如今已迈进现代企业制度的治理构架——自主经营、自负盈亏、风险自担、回报股东,也正是因为这种管理理念的激励,才使所有国航人为公司走出连续亏损的困境而除弊兴利，勇往直前。在国航人的心目中，"连接地球，打造最具竞争力的航空公司"的战略目标清晰而坚定。这不仅仅是为了提升国航在世界的地位，更是为了公司的可持续发展和投资者的利益回报。国航将为此而不懈努力！

在这里，我不仅要感谢国航的全体员工，感谢为国航的发展付出了辛劳的历届领导者，更要感谢国家经济飞速发展的这个大环境。这个大环境不仅给国航和中国航空业带来广阔的市场空间，更使得新兴的中国民航业获得了快速壮大的机遇和条件。随着中国民航业管理体制改革逐步走向深入，对内逐步实施的"放松管制"，加快了航空运输市场化的进程；而对外应对"天空开放"，则加快了引进和竞合的步伐，越来越多的"中国之翼"正展翅翱翔，竞逐蓝天。这将给国航人更多学习和参照的样本，也将使我今天写下的这些文字更有意义。

历史正在翻过新的一页。发生在昨天和今天的故事，也许正在悄悄地影响明天……

第一章

# 开局之道

## UP 引言：不敢亮剑的将军不是好将军

有句话人们耳熟能详：不想当将军的士兵不是好士兵。那么，什么样的将军不是好将军呢？

我认为，不敢亮剑的将军不是好将军！

其实，何止将军，人人莫不如此！

人的一生有了挑战才有色彩。喜欢应对挑战，是强者与众不同的特质；敢打硬仗，是军人与生俱来不可或缺的气质，而就其本质而言，这是责任感、使命感的问题。

因此，当组织上赋予我新的使命，国家需要我脱去戎装换上西服转换战场的时候，我便义无反顾地受命了。

"马思边草鬣毛动，雕盼青云睡眼开。"一个真正的军人，在受命时是不能左顾右盼的。

拿破仑说得好，"要想分胜负，先得上战场。"是啊，听不得枪炮算什么战士，不敢亮剑算什么将军，怯于面对挑战有什么出息！狭路相逢勇者胜。危机面前，任务艰巨，要有自信，不怯阵。不想退路，只想冲锋，或许这是开局之道中最基本也最关键的一环。

当然，敢打不等于鲁莽，勇于应对挑战和热衷冒险是两回事。两者的分野在于是否遵循了客观规律，是否有科学的思维方式作依据。

## 危机中的转机

国航曾经缔造了新中国航空运输业的诸多辉煌。但进入改革开放这个新的历史时期，国航却一度举步维艰。

1987 年，中国民航业开始进行管理局、航空公司和机场的分设改革。国航接收原民航北京管理局剥离的产业，于 1988 年 7 月宣告成立。当时的国航是中国资产最多、运输量最大的航空运输企业，长期担负着专机任务，是关乎中国对外形象的一面旗帜。它已经创造了连续安全飞行 45 年的纪录，是全世界保持飞行安全 45 年以上的三家航空公司之一。它拥有技术先进、机龄较短的机群，拥有一支良好的职工队伍，具备了较强的实力。

然而，面对市场经济大潮的冲击，这个被国家寄予厚望的公司也出现了许多不尽如人意的地方，蕴藏着严峻的危机。比如，有的人职业理想的信念开始淡化，过分看重钱物，为能驻外多拿补助，找关系、托门路，而自己的本职工作却被忽略了；有的人组织纪律性和法制观念淡薄，不知法、守法，甚至连贩毒罪、私藏枪支罪等罪行都不知道。

更有甚者做出了是非颠倒、荣辱不分的事情。比如，飞行员袁斌个人私欲恶性膨胀，因对分房不满，劫机逃到台湾。在看待这个大是大非的问题上，居然有人说："袁斌为我们出了口气，我们的房子有希望了！"此前国航新盖的 120 套住房，之所以长期没有分配到员工手中，主要是因为担心导致纷争和人际关系的矛盾。

而国航背负的沉重包袱更令人摇头叹息。连续 3 年亏损，每年亏损额都在 6 亿元以上，资产负债率一度高达 95% 以上。这个占据了中国航空运输 21% 市场份额的"国字号"企业，在经营成果和业务发展方面却远远地落后于其他同行。

1998 年至 2000 年期间，国航竟连续发生飞行员劫机外逃、涉枪、贩毒等数起恶性违法案件，各类涉案违法和违纪金额达 4 000 多万元人民币。一名在逃的财务人员贪污 2 600 万元，这个数字创下当时我国企业个人贪污数字之最！企业内忧外患形势严峻，正是人心浮动的当口，高层领导发话：国航到了必须管管的时候了！

国家领导人亲自交代解放军总政治部领导，要从空军调一名军级干部到国航来。而我就是在这个背景下受命来到国航的。

## 找准开局的"突破口"

开局如同筹划一场战役，关键在于正确选择"突破口"，而这一旦确立，就掌握了主动权。

为何将我调任国航呢？现在想来，可能与我的军人身份，以及我在空军的 32 年工作有很大关系。

熟悉民航业历史的人都知道，民航与空军有着血缘关系。1949 年 11 月 2 日，中共中央政治局会议决定，成立中央军委民航局，而民航局受空军司令部指导。1950 年 8 月 10 日，周恩来副主席主持的军委会议进一步明确规定，民航局的指挥权属军委空军司令部，行政领导权属政务院，对外的名称为"中央人民政府民航局"。我还记得，民航局的局长是由空军副司令员兼任的。也就是说，历史上，民航和空军曾是一家。

空军与民航的天然联系，虽然可以给我以亲切感，但不能给我解决问题的答案。事实上，民航这个岗位对我个人而言完全是个陌生的战场。从人员、环境，到管理、经营，一切我都需要从零开始。当然，从零开始也自有其好处，没有包袱和更多的顾虑。

改变国航面貌是一场攻坚战。拿下这个"堡垒"，先要选准"突破口"。那么突破口选在哪里呢？突破口要选在牵一发而动全身之处，口子一旦突破，自然就胜利在望了。

选准"突破口"，就必须深入作调查研究。

从2000年11月21日到12月12日，在上任之初，我带领国航宣传部、组织部、纪检部门和劳动人事处的同志，在飞行总队进行了以"企业管控"为主要内容的工作调研。调研从总队领导班子的思想、企业建设、驻外人员的教育和管理、发生涉嫌贩毒和私购私藏枪支问题的原因，以及教训的总结等几个方面入手，通过个别谈话、座谈会、问卷调查等方式，先后对飞行总队主要领导，总队机关、各大队、中队、科室领导，机长，以及各类飞行人员、地面人员等进行了调查和了解。

调查研究其实是企业管理的一项基本功。它的要义在于，既要扑下身子沉到基层，大量地听真话，全面地摸实情；又要动脑筋思考问题，做到去伪存真，去粗取精，最终拿出符合实际的真知灼见。不沉到基层就是"聋子"、"瞎子"，不动脑筋就是"蛮子"、"傻子"。

调查研究是随时随地并全方位进行的，其形式也是灵活多样的。

除了这样带队下基层搞调研，我们还通过阅读群众来信、接听群众电话、接待群众来访等方式，了解情况，听取意见，联络感情。调查初期，我收到39封信件。分析了一下，我发现：其中告状的只有3封，其余的都是提建议。由此我看到了国航未来能够继续发展的希望，这也增加了我打翻身仗的信心。为了很好地听取意见，我公布了自己的手机、办公室和宿舍电话的号码。有的同事说，公布了号码，你就别想睡觉了。开始几天，我还真是没有睡好安稳觉。深更半夜还有人找上门来反映问题。人数最多的时候，一个晚上就来了6个人，而电话铃声是一直不断。后来，这种状况逐渐减少，真是"令初下，门庭若市；数月之后，时时而间进；期年之后，虽欲言，无可进者。"

在公司经营管理上，国航总裁王开元同样做了大量的调研工作。他一直在民航工作，因此比我熟悉民航，更比我有经验。在选"突破口"前要先"看地形"这一点上，我们俩人认识一致，工作的配合也很默契。我经常会为遇到这样的好搭档而暗自庆幸。在我俩的提议和带动下，班子的其他成员也开始投入大量精力，深入各基层单位，与员工广泛谈话。同时我们就国航的改革发展、安全生产、企业管理、市场开拓等方面的问题边调研边开展工作。

班子主要成员的调研工作虽然是分头进行的，但我们从总体上作了筹划，并且随时随地保持沟通，以便遇到问题及时解决。我们在调查中思考，在思考中沟通，在沟通中碰撞，在碰撞中产生思维的火花。这样，原先一片空白的大脑，慢慢充实了起来。班子主要成员的观点也很快趋向一致，并取得共识。

在调研中，我们还发现飞行员实际上是个非常特殊的群体。他们思想单纯、直率，思维又很活跃，但本身职业的特点造成他们中有的人遇到挫折后的承受能力弱，有时爱钻牛角尖，出了问题也不大会处理。记得在我上任当天，就曾接到过紧急汇报———一位空勤人员失踪3天。事后查明，这名空勤人员因为人际矛盾，自己找了一间小屋，不吃不喝躲了起来。面对这样一支以年轻人为主的员工队伍，加强对他们思想上的引导和提供他们需要的帮助至关重要。

除了员工的思想教育外，我们还发现国航在经营中也存在严重的问题，突出体现在三个方面：首先是管理体制、经营机制落后，管理方式粗放以及观念陈旧等因素束缚了公司的发展。以国际航线的经营为例，国航无力争取到高票价旅客，而低舱位票价又受收入水平逐年下滑的影响，国际客公里收入水平由1996年的0.63元减至2001年的0.49元，降幅达22%；加之机队结构不合理，机型与市场不匹配。这些造成了航线成本高，而收益却很低的状况，国航仅在2001年飞往欧美、澳洲地区9个国家的航线亏损额就达11.94亿元。

其次是企业扩张过速，资产负债率过高。从1997年开始，国航资产大幅扩张，仅短短的两年时间里，资产规模就增加了137.7亿元，增幅达71%；负债增加141.8亿元，增幅为92.3%。资产负债率由79%跃至了90%以上。这致使国航成本费用负担加重，每年财务费用达26亿元之巨。而当时又正值亚洲金融危机，市场的萎缩对国航无异于雪上加霜。自1999年开始，虽然国际航空市场开始转暖，但国航市场增收部分仍一直不能弥补成本费用的增长。

而国航"内外失衡"，缺乏真正的竞争优势则成为企业经营的又一个弊病。国航在国际市场上竞争乏力，而在国内市场上又基础薄弱，一直没有建立起属于自己的枢纽基地。国航在北京首都机场的市场份额偏低，与国航本部所在地的地位是很不相称的。

至于其他方面的情况和问题，比如团队合作、企业文化、纪律、人际关系、收入分配、干部使用等，也都亟须转变。

国航虽然面临上述困难，但国航自身还是有更多有利条件的：

国航是中国民航业最早最基础的单位，不但为自己也为全中国民航培养了大批人才。

国航在保证飞行安全上有着骄人的纪录，积累了许多宝贵的经验。

国航是中国惟一载国旗飞行的航空公司，在国内外有着广泛的影响力。

国航建立了较为系统的运行管理设施和一系列基础设施，机队以波音为主，机型、机龄都具有很强的竞争力。

国航还建立了一整套较为完备的规章制度和工作流程。

国航是拥有国际航线最多的中国航空公司，积累了较为丰富的国际经营和运行的经验。

……

那么，如何发挥国航的优势，利用这些有利条件呢？解决国航面临的问题，就成了摆在国航新班子面前的严峻课题。

我们到一个新单位工作，一开始不了解情况，大脑一片空白，待到掌握了大量第一手材料，大脑又一团乱麻。这时候只有经过加工制作、分析梳理，找出主要矛盾，才能理清思路、提出对策，从而解决问题。

国航领导班子在全面调查、摸清实情的基础上，经过反复研究，决定开局全力抓好两件事：一是抓扭亏，增加效益；一是抓队伍，增强凝聚力。双管齐下，为企业夯实基础，注入新的活力。

实践证明，这个"突破口"选得是正确的。

## 牵住"牛鼻子"，增强班子凝聚力

"单位好不好，关键在领导，领导行不行，关键前两名"。

在抓班子建设中，我们始终不敢忘记两句俗语，"打铁先得自身硬"，"上梁不正下梁歪"。从严治军，必先从严治官；从严治官，必先从严治主官。就主官来讲，不能消极、被动地让上级来治理，而应当加强自律、自治，率先垂范，以身作则。否则，不但愧对"主官"的称谓和上级的信任，而且班子建设也一定会功亏一篑。

我上任第一年，从民意测验来看，群众对国航新班子的形象是认可的，满意率达到了80%以上。这对新班子是肯定，是鼓励，但更是期望。这些肯定的话语让人无论什么时候想起，都感到信心倍增，但同时也感到肩上的担子沉甸甸的。

与此同时，对整个干部队伍的调整、任用、教育等问题，也渐渐地开始摆上了公司的议事日程。

抓干部，首先抓团结，我们从旗帜鲜明地反对自由主义、宗派主义入手。公司要求《国际航空报》内部版在显著位置连续发表6篇论团结的评论员文章，以此进行舆论引导。同时，我们走到哪就把团结的重要和管理者的责任这两个话题讲到哪，反复陈述一些观点。比如，一个领导者履行职责一要靠脑袋，就是善谋划，有思路；二要靠肩膀，就是能担事，敢负责；三要靠胸怀，就是能容人容事，小心眼管不了大企业，小动作干不成大事情；四要靠双手，开展工作要两手抓，两手都要硬；五要靠双脚，就是多深入实际，多深入群众，多深入一线，毕竟企业的利润最终来源于第一线，而问题也多出在第一线。所以深入第一线是关键。

关于团结问题，既是一个老问题，又是一个新问题，可以说是一个常讲常新而且永远不能忘怀的问题。团结是做好各项工作的基础，团结出凝聚力、战斗力、创造力。一和百顺，和气生财，团结是国航实现扭亏的基础条件，也是国航广大员工对健康的人际关系的热切追求。历史经验证明，团结的问题最好是在团结的时候讲，越是团结，越要讲团结，这样才能事半功倍，若是等到不团结的时候再讲团结那就为时已晚，不但工作会受到损失，而且再说起来也特别费劲。对一个单位的团结状况，不但要全面地看，还要动态辩证地看，没有不团结的现象，不等于没有不团结的因素；现在团结，也不等于今后永远团结。因此，团结的问题要经常讲、及时讲、反复讲，团结的工作要经常做、及时做、反复做。要把团结作为每个领导班子、每个领导干部的重要职责。

单位好不好，关键在领导。工作如此，团结也是如此。一个班子，一名领导干部，为职一任，建树一方。作为领导者，一是完成任务，单位出成绩；二是培养干部，单位出人才；三是为人表率，单位出好风气。这三条，哪一条也离不开团结。不团结的班子带不出团结的队伍。要想单位出凝聚力，领导班子、干部队伍必须做团结的模范。为此，要解决好总经理和书记在工作上协调一致的问题。这也是搞好班子和干部队伍团结的最关键的因素。总经理一般是企业的法人代表，对企业的经营负全责，是企业的"头"，而书记则主要做的是"魂"的工作，二者作用各有侧重，相互之间的关系是"头"与"魂"的关系。无"魂"之"头"是"昏头"，无"头"之"魂"是"游魂"，只有"头""魂"合一，浑然一体，才能成事。"德同而相聚，志同而道行"。正副书记搞不好团结，主要原因是思想境界太低，忘记了共同担负的责任。实践证明，权威不是争来的，而是在工作实践中自然形成的。只有顾全大局，不计个人名利地位，才能最终获得群众的认同。为个人去争什么权威和面子，最终不但既无威信又失面子，而且还会破坏班子的团结。

要解决好班子成员的分工合作问题。一个领导班子要先是一个整体，其次是分工。因此，班子成员特别是正副书记一定要讲合作、重协商，分工不分家。班子成员在合作共事中都要主动一些，互相尊重，互为依托，这不但是谦虚谨慎的表现，也是顺利合作共事必备的良好素养。一个管理者与他人合作共事要能拿得起、放得下。拿得起靠能力水平，放得下靠思想境界，而关键在能放得下自己。正职要善于发挥副职的作用，会用人的人能把人"累死"，不会用人的人能把人"气死"，人宁愿"累死"，不愿"气死"；副职也要会当帮手，要拉偏套，使正劲，主动干，不越位。什么是班子？班子是干什么的？班子是个集体，班子是"唱戏"的，过去唱戏的就叫"戏班子"，简称班子。是集体就要讲和谐，"唱戏"要唱好一出"将相和"。这就需要班子成员平时注意多沟通，达到性格上相知、心理上相通、思想上相合、情感上相融。一个领导班子在一起共事，其实是同挑一付担，同唱一台戏，生死相依，荣辱与共的。"互相护台好戏台，互相补台都登台；互相搅台乱了台，互相拆台都下台。"

要解决好对班子团结形成干扰的问题。从经验教训看，特别要警惕的方面是，人事聘免问题上的干扰，这是影响班子团结的最敏感因素；功过是非的干扰，这是容易对班子团结造成影响的又一突出因素；自由主义、"小报告"的干扰，这是单位团结的大敌，也是影响班子团结和干部队伍团结的经常性干扰源，而排除这一干扰，关键还在领导干部自身修养要好，自己不搞自由主义。

在大讲、狠抓团结的同时，我们还加强了法纪教育和党风廉政建设。举办了三期党委书记、支部书记集训班，集训 400 多人次，本着"日常会服务、思想会引路、矛盾能消解、关键能把住"的设想，编写、下发了飞行队党委、支部书记的工作要则。同时，以国航近年发生的违法犯罪案件为反面教材，统一编写了法纪教育宣讲材料。纪检监察部门坚持防范关口前移，下发了《党风廉政建设责任追究实施细则》、《违反合同管理的处罚办法》和《行政领导干部任期经济责任审计暂行规定》，加大了反腐倡廉和预防犯罪的力度。这些工作，都是在新班子上任后头 8 个月完成的。

"飞行总队 1 445 名干部职工，尽管有个别人出现了问题，但绝不能因此否认所有人的工作成绩。国航飞行员拥有较高的业务素质和政治素质，是我们国航最可宝贵的财富。"这番谈话，化解了很多飞行员的思想压力和心结。在飞行总队二十多天的调研中，几乎每晚都有员工或家属找我们谈思想、谈工作和反映问题。冗员较多、分配不公、思想建设松懈等问题纷纷浮出水面。于是，遵照群众呼声，国航顺势推开机构、人事、工资三项制度的改革，政策向一线倾斜，上上下下对此反响强烈。

但是，这并非意味着国航内部管理已经进入良性、健康的运行轨道。在国航，某些错综复杂的人脉关系、格调不高的利益争斗和危害团结又消磨斗志的自由主义……仍然像阴云一样不时笼罩在企业的上空。

在基层调研中，我发现国航领导层的想法和一线员工的意愿往往是一致的，而阻力往往来自某些中间层。立足于各种利益，某些中层管理人员已是老虎的屁股摸不得了。当时在我们提出新的工作思路时，有的中层管理人员脖子一扬："我不同意你的观点！"指出某单位存在的问题时，有的中层管理人员反而责问："你是道听途说吧！"甚至当我们要求中层管理人员处理违纪的下属时，他们却说："我想不通！"这很容易使得公司自上而下的改革有始无终，或者中途走样。不避讳地说，当时国航突出的矛盾就是一线员工和中层某些管理人员的矛盾。这迫使我们必须正视企业内部人事和管理体制的问题，必须下大力抓干部队伍建设，大刀阔斧地进行干部制度改革。

这一点中外企业有类似之处。记得2001年5月我与美国IBM公司总裁郭士纳先生交谈时，他曾感慨地说："一个企业的变革，最让人费力气的是中间层，因为道理很简单，变革的思路与举措是高层提出的，对此普通员工往往是拥护的，但这对中间层来说往往意味着要失去和转变某些东西。"因此，一个企业变革的进程最要害的是转变中间层。当然，一旦中间层转变了，说明企业的变革也就上下贯通了。

2002 年 9 月 18 日，正值午餐时间，国航办公室主任跑来告诉我："李总，北京航空设备公司的一百多名员工把机关饭堂给占了，他们要求见您。"

我让下面分管领导前去处理，但无济于事。员工们要求非我出面不可。

我一路小跑奔向食堂。管理企业如同领军，最忌讳拖拖拉拉、当断不断。员工们坚持要见我，不肯散去，我则要顺势借力，争取把矛盾尽早消除在萌芽状态。

我一进饭堂就问："你们谁是牵头人？"无人应声。我对站在前排一名老同志说："我看就是你！"他连忙说不是。我说："我问谁是牵头人，大家眼睛都看向你，说明对你信任，没有关系，你代表他们谈谈要求吧。"

员工提出了 4 个他们认为亟待解决的问题。我把手一挥，"半个月内，全部解决！"

饭堂里的人马上都愣住了。过了一会儿，有人说："李总，说话要算数。"我马上回答："请大家查一查，我来到国航，哪一个问题说了没算数！"

服人以德，攻心为上。说罢，我卖了个关子："大家可能今天就会看到我们解决问题的动作。"

饭堂再一次鸦雀无声。我不失时机地说："好了，我听了大家的，大家也要听我的。公司反映问题的渠道是畅通的，今后不要用这种方式反映问题。请回吧！"人们纷纷离去。

在来饭堂的路上，我听办公室主任介绍了这里的有关情况。问题要全部解决，很是棘手，但恢复机关的正常工作秩序为先，要尽量减低不良影响。在这样一个矛盾当口，需要快刀斩乱麻，借此修复员工信心。

而恰巧，这个公司的经理正在我办公室等待汇报工作。员工们对我提出的第一个问题就是他治理企业无方，要求撤换他。于是，我进门便问他："群众对你拥护吗？"这位经理信心十足地说："拥护。"我问："有多少人拥护？"他说："至少80%以上。"

我派人立即到这个公司对这名经理进行投票，投票选项只有两个：称职和不称职。一会儿的工夫，调查结果交到我手中，"不称职率79.8%"。我把这一结果摆在他的面前，面红耳赤的他张口结舌。

当天下午，我们召开了临时高层办公会议，决定即刻重组该公司领导班子，经理免职。而在随后的8天内，员工提出的其他问题也全部得到了解决。

"饭堂事件"的处理雷厉风行，在国航内部引起了不小的震动。这股清新之风吹遍了国航，也更让我坚定了一个在多年军旅生涯中树立起来的信念：所谓"困难"，

> 所谓的"危机时刻"，有它"危"的那一面，就自有它"机"的另一面，领导者要把握住这个"机"，善于把危机变成转机。

并不是事情有多难做，而是你自身没有具备克服困难的信心和素质；而所谓的"危机时刻"，有它"危"的那一面，就自有它"机"的另一面，领导者要把握住这个"机"，善于把危机变成转机。

受命国航的头两年，我亲自带队先后考察了公司11个分支机构的

领导班子，了解了中层管理者中的上百人。公司调整、充实了飞行总队等 10 多个单位的领导班子，从在职岗位上调下中层管理者 48 名。同时，加大干部交流和轮岗的力度。调整后的领导班子和干部的整体素质有了明显提高，各项工作也呈现出勃勃生机。

牵住了"牛鼻子"，即使再狂暴的野牛，也得乖乖就范。抓好班子和干部队伍的团结建设，正是牵住了国航的"牛鼻子"。

## 开源节流，扭亏为盈

"一年亏损人心惶惶，两年亏损不可设想，三年亏损另行开张。"作为企业，亏损是天大的事。作为企业老总，企业长期亏损更是无法向各方面交代的。国航新班子把扭亏作为打翻身仗的突破口，道理就在于此。

连续 3 年亏损之后，命运女神仍无意惠顾国航。2000 年开始，让航空界胆战心惊的石油价格危机终于爆发，油价从 1999 年初的 10 美元/桶的历史低位，迅速上涨了近 80%。国航 2000 年的航油成本最终高达 33.34 亿元，与 1999 年相比净增 11 亿元，在总运输成本中的比例也占至 31%。随着油价的飙升，国航盈利的希望似乎愈发遥远。

油价的上涨也让国航暴露出一个重大的经营风险：作为中国最大的航空公司，运营 46 年来，国航竟然没有自己的防范石油风险的机制。无论现在还是将来，油价始终会是影响航空公司盈利的关键因素，必须找到解决这个问题的办法。

2001 年，在公司领导果断决定下，国航油价避险机制终于在短时间内建立了起来。实施效果令国航人惊讶。3 月 12 日，首笔交易做成后，当季保值航油 30 万桶，每桶减少成本 2.74 美元。到 10 月 31 日，国航的油料风险管理小组买入 60 笔，卖出 13 笔，交易量达 740 万桶，买卖差额为国航盈利 680 多万元。年初，国航把当年的航油保值量锁定在总耗油量的 50% 以上，以确保 2000 年的亏损不再重演。

资金之困，让国航人又一次真切感受到了现代金融手段对航空公司运营的重要性。2001 年初，国航的现金流接近干涸，我们领导班子成员经过反复研究，毅然从外部吸纳投资 4 亿元，并取得了 160 亿元银行授信额度。此举改善了国航短期内的资金状况，但在外人看来，亦是个不小的赌注，最直接的后果就是进一步提高了国航的负债率，而财务风险加大，未来业绩压力也更大。"国航没有上市，没有其他融通资金的手段，也就没有进一步运作的空间！"在当时，这是个无奈的选择。

1997 年是民用航空业的"丰年"，东方航空分别在纽约交易所和香港联交所两地同时挂牌上市，11 月又返回上海 A 股市场；同年 5 月，南航亦完成 IPO 招股。然而，国航翅膀沉重，3 年连续亏损之后错失了在这个黄金时段上市的大好时机。

现实没有给国航太多的转圜余地。国航领导班子只能坐下来，从企业生产经营的每个环节入手，尽量开源节流，争取盈利。首先加强组织领导，改进考核办法，加大收益管理力度。公司专门成立了经济效益领导小组和效益办公室，每 10 天对效益情况进行一次全面、系统的分析，找出存在的问题和解决办法。公司市场部门对每一条航线、每一种机型的成本都进行了认真的测算，较好地把握了市场投入和成本效益之间的关系。在成功采用收益管理系统后，在运力不增加的情况下，国航估算增加收入达 3% ~ 5%。而 2001 年全年，国航增加航班 1 601 班，包机 1 272 架次，同比分别增加 6.6% 和 66.7%，飞机日利用率平均提高 0. 598 小时。

通过供应品航班管理的实现和客舱供应品回收的再利用，国航增加收益达 3 549 万元。航线计算机油量管理、实施二次放行等办法，更是有效控制了油料成本。经过与服务商的艰苦谈判，国航的成本支出减少了 4 000 多万元。

国航引入了工商银行的网上银行，将国内营业部与天津和内蒙古两个分公司连接起来，进一步节约开销，同时也可以随时监督各部门的资金运营状况。

配合这些措施，我们也开始反思国航在大宗成本支出、经营布局等方面存在的问题，并随之进行了针对性的调整。国航在 20 世纪八九十年代购买飞机的商业贷款大多来自日本，当时正值日元利率的最高峰。当 10 年后国航开始还款时，发现自己吃了贷款币种过于单一的亏。由于人民币与美元的汇率比价数次下调，以及日元大幅升值，国航每年仅汇兑损失就达 5 亿元人民币。为此，2000 年国航在引进 6 架飞机时，增加了 15% 的人民币商业贷款；2001 年经与政府部门进行大量解释协调工作，公司引进的 17 架飞机完全使用了人民币商业贷款，在相当程度上，避免了不当的融资结构给国航带来的汇兑损失。

同时，在对国内航线经营状况调研的基础上，我们大力调整机队结构，出售了两架飞行了 15 年的波音 747-400，并与波音公司置换了

10 架 737 飞机。与波音 737 适合飞行中短程航线不同，747 主要是为远程的洲际航线设计的宽体客机，它的最大载客可达 550 名，用在国内航线上根本"吃不饱肚子"，客座率低而成本又高。这种明显不合理的运力配置，一定程度上是由国航当时以国际航线经营为主、大飞机偏多的状况造成的。这也正是我们对公司基本经营策略需要做的一次大调整。

节流之外，还要开源。国航下大力气抓市场营销，一改过去"坐商"的风格，努力健全销售网络，加大直销力度，积极走访客户，培养了一批重点客户群。仅 2001 年上半年，国航在北京与 78 家公司、在外地与 232 家大公司签订了直销合作协议，完成了全年直销任务的 80.6%；同时继续大力开发"两舱"（头等舱、商务舱）和"两常"（常旅客和常企业），而其中常旅客突破 35 万人。通过北京枢纽港的建设，公司的中转功能得到强化，所飞航线实现了各地的衔接，从而使每天经北京乘国航航班中转的旅客由几十人增长到了三百多人。这些措施，都直接带动了国航运营收入的提高。

经历了从 1998 年开始的连续 3 年亏损后，2001 年底，国航终于迎来了久违的盈利局面。全年共完成运输总周转量 34.58 亿吨公里，同比增长 5.8%；旅客运输量 898.24

> 在 2000 年亏损 6.47 亿元的情况下，2001 年实现赢利 3 400 万元，减亏增利共 6.81 亿元。久违了的赢利，着实让国航上下兴奋了一把。

万人次，同比增长 11.5%；货邮运输量 34.56 万吨，同比增长 6.2%。通过一系列的内部改革措施，管理成本的增幅远低于运力投入增幅，在 2000 年亏损 6.47 亿元的情况下，2001 年实现盈利 3 400 万元，减亏增利共 6.81 亿元。

久违了的盈利，着实让国航上下兴奋了一把。为示庆贺，国航还特意为员工增发两个月工资，进行奖励。

国航新班子上任一年，曙光初现，东方破晓。公司的员工思想稳了，信心足了，干劲也起来了。

然而，对于国航这样一个"巨无霸"而言，3 400 万元的盈利额确实少了一些，让人难以满意。也有人开玩笑说："如果把国航二十多亿的净资产全部放在银行，每年的利息收入都比目前的利润多。"小胜欣喜之余，历经磨难的国航人仍保持着一份难得的清醒：明年、后年……我们怎样才能保证继续盈利，并且幅度要再大些呢？未来的中国国航，要如何发展，才能够重新展翅高飞呢？

我时常会想起自己当年驻守在戈壁滩上开垦出的那片绿色。那年，19 岁的我从家乡山东枣庄入伍，主动申请来到中蒙边界二连浩特附近一个戈壁滩上的雷达站，当上了一名边防战士。戈壁滩上了无人烟，饮水是又碱又腥臊的地表水，蔬菜和水果则更是一种奢侈品。我望着连队驻地边上的荒草，不服气地脱口而出："能长草的地方为什么不能长蔬菜？"第二年，我们的菜苗结出了黄瓜、甜瓜……很多驻地偏远的连队也开始学起了我们，自己动手，丰衣足食。

现在的国航，虽然不是一个条件优越的平台，但像当年我们在戈壁种的菜苗一样，已经拥有了属于自己的绿色。等待着我们的，是更为繁重的除草、施肥、浇水……以及收获时的喜悦。

## 作决定要雷厉风行

部队里有句老话：作风连着战斗力，作风就是战斗力。古今中外无数事例证明，松松垮垮、疲疲沓沓的队伍只会一触即溃，是没有任何战斗力的。只有令行禁止、雷厉风行的队伍，才能攻必克、守必固，所向披靡。一支队伍的作风，实际是指挥员的作风。俗话说，"兵熊熊一个，将熊熊一窝。"为什么将熊熊一窝呢？因为"熊"将爱"熊"兵，"熊"将带"熊"兵，最后当然是"熊"一窝了。

军旅生涯讲究从严治军、雷厉风行的作风，这种作风对于企业治理同样需要。现在回过头来看，如果不是有令行禁止、雷厉风行的作风，不是用快刀斩乱麻、干脆利落地处理问题的方式，则很可能在清谈中、犹豫迟疑中、左顾右盼中、"考虑考虑、研究研究"中，丧失难得的机遇，从而一事无成。

拿清理投资公司来说，公司选定抓扭亏、增效益的"突破口"后，首先从清理国航对外投资开始做起，通过封堵"流血点"，遏制国航经营业绩进一步下滑的势头。

1990 年初，正逢中国民航业的黄金时期，旅客运输量以每年 25% 的速度增长，然而一派繁荣景象之下，国航内部结构性的矛盾和多年积淀的弱点已经开始暗流涌动了。良好的外部环境使得公司忽略了战略发展。相反，地产、印刷、水产等大量与航空运输业毫不相干的副业投资，却导致了巨大的经济损失和资金紧张。同时，在长期计划经济体制的调配下，管理混乱、机构臃肿、人浮于事、效率低下等国有企业的通病也成为国航的痼疾，并有愈演愈烈之势。

　　然而，对二级公司和机构的调整必然会牵涉到各种利益关系。国航当时有大大小小的一百多个二级公司和机构，要想对此作出全面清理，工作难度可想而知。牢骚、歧见、矛盾、冲突在清理整顿工作的每一天都在上演着。

　　最为典型的案例是国航投资的山东烟台东方实业公司项目。一个投资1 000万元建立的水产副食基地，经过多年的投资居然没有实现任何收益。1995年开始，国航原法律事务处开始调查、解决"东方实业"的经营问题，发现该公司多次转手他人经营，且存在严重的乱投资、乱担保的问题。其破产清算以及彻底解决的方案却始终悬而未决，工作不能推进，国航为此伤透了脑筋。

　　此时的东方实业公司天怒人怨，投资者不满意，员工同样不满意。在东方实业公司转手经营中，有45名员工的档案丢失了，这些员工没有生活来源，听说国航换了新老总，他们打定了主意，要坐火车到北京来告状。

　　按照破产的相关规定，东方实业公司已经资不抵债，即使拍卖剩余的房产地产也不能安置45名员工。公司立即决定此事不宜再拖，无论需要多少钱，公司会保证资金到位，但条件是必须又快又好地解决问题。

　　然而，却有二级公司领导来说情："留着水产基地吧，我们还等着分鱼吃呢！"难道他没有算过在该项目赔进去的钱不知能买多少鱼吗？这种执著显得有些可笑，但也是一些人的真实想法。我们没有听从这种意见，而是果断拍板，决定把东方实业公司砍掉！

　　"壮士断腕"不是铁石心肠，恰恰是爱心和使命感的驱使。爱国航，爱国航员工，为国航和员工的根本利益、长远利益着想，才能做到果敢坚毅地该出手时就出手。否则，耳根子软，听到一点不同意见就动摇既定方针和临战决心，只能带来更多的麻烦。

东方实业公司最终宣告破产。国航拿出一百多万元，协调当地政府并妥善安置了员工。原来准备进京上访的45名员工还专门送来了锦旗表示感谢。

对二级公司和机构大刀阔斧地整顿成效是明显的。到2002年，国航二级公司和机构由100多个缩减至42个，又过了一年，变成了27个，"止血手术"获得成功。

与此同时，国航还决定撤销分散在下面的三百多个子账户，进一步堵住公司资产流失的口子。这一招触动了某些既得利益者最敏感的神经，初期的工作难度真是出乎预料。但国航领导班子态度坚决，斩钉截铁地提出："不交账户交职务，交完职务还得交账户！"结果，在很短的时间内，"小金库"被一律取消，企业的不良风气得到了改善。

## "立住"胜于"坐住"

初到国航，有两样东西使我深受触动，一是怀疑的目光，二是"善意"的提醒。这像鞭子一样抽打着我，同时也激励着我心无旁骛，奋力前行。

怀疑的目光如刺一般锋利，分明是说："国航这么大个摊子，这样个局面，你们行吗？""当得了将军，未必管得了企业；能打仗，未必会赚钱。"

"善意"的提醒，耐人寻味。"李书记，国航最大的特点是'坐住立不住，立住坐不住'，您可要当心！"

对于投来的怀疑目光是可以理解的。怀疑的目光总比冷漠的目光、敌视的目光好，只有关心、热爱国航，和国航同呼吸、共命运的人，才会产生这种目光，他们是着急啊！对于"善意"提醒，我品味咀摸再三，觉得话中有话，寓意深刻。这些提醒既包含着对我们的观察和期待，也包含着对我们的告诫，当然更隐含着某些只可意会不便言明的东西。对此，我也一直都在伺机作出回应。

在一次国航经理层会议上，讲到国航的企业文化时，我说："我到国航以后，不少同志跟我讲到，国航的特点是'坐住立不住，立住坐不住'，我今天要告诉大家的是，我宁愿坐不住，我也要立住，只要能立住，早晚会坐住！"

场下掌声雷动。

我心里非常清楚，所谓"坐住"是指个人的位子、面子；所谓"立住"则是指业绩、品德。这两样东西本来不是对立的，而是相辅相成的，怎么在一部分人心目中成了对立的呢？可见当时的国航企业文化之一斑。我当然掂得出"坐住"与"立住"孰大孰小、孰重孰轻。到国航，我是受命令所驱使，不是谋位子来的。能不能"坐住"对我来说真的无所谓，但能不能"立住"却关乎高层的决策和军人的形象。

怎样才能"立住"？出以公心，敢于碰硬。在不到一年的时间里，依靠集体的力量和多方支持，国航清理案件5起，判刑9人，处理违纪者28人，开除党籍12人，挽回经济损失4 200万元，过去遗留的重大问题基本得到了解决。

怎样才能"立住"？以身作则，廉洁自律。公司领导不购新轿车，我让人把公司给我新买的轿车卖掉购置其他车辆，解决国航离休老干部的日常用车问题；国航斥资数亿兴建的国航大厦，推向市场出租，公司总部则继续扎根在首都机场旁50年代建成的老楼中。公司不再为国航的新任领导买房，和员工一样新任领导自己解决住房问题。

怎样才能"立住"？心系群众，解决员工关注的焦点问题。合理分配了长期没有分配的120户新建住房；员工上下班的班车由走便道改走高速道，使员工上下班能节省一个多小时；改善员工食堂条件，提高饭菜质量；以业绩为导向出台新的奖金发放办法；飞行员、乘务员执行任务餐食免费，解决人员出行带饭的问题……

怎样才能"立住"？勤奋学习，成为内行。空军和民航，尽管大道相通，业务上有相近之处，但毕竟是两个领域。既然脱下军装换了西装，就必须加速知识更新，

> 只考虑"坐住"，不考虑"立住"，到头来偏偏"坐"不住；着眼于"立住"，不去顾忌"坐住"，到头来偏偏能"坐住"。生活的辩证法就是如此。

学习新的本领。经济管理类的图书、报刊，成了我案头、床头、车内的必备品。同时我还加速"恶补"外语。2002年10月，当我与美国前国务卿基辛格博士自主交谈时，令随行人员大吃一惊，他们半开玩笑地说："李总，您别再学外语了，再学我们都失业了。"

事实上，每一个领导干部到一个新的单位，都面临一个"坐住"和"立住"的问题。生活的辩证法告诉我们，只考虑"坐住"，不考

虑"立住"，到头来偏偏"坐"不住；着眼于"立住"，不去顾忌"坐住"，到头来偏偏能"坐住"。这有点像人们经常说的"没想到"和"想不到"，有些事"没想"，反而"到"了，"老想"却总是"不到"。生活的辩证法就是如此。

第二章

# 定位之道

## 引言：找到"准星"才能百发百中

一个企业亏损好比一支军队打了败仗。仗打败了怎么办？不能马上接着打，先要收拢部队，重新编组，另行确立行动方向。企业亏损后，同样面临一个收拢重组，确立行动方向的问题，也就是定位问题。

定位的意义何在呢？《毛泽东选集》的第一篇文章《中国社会各阶级的分析》，对中国社会进行了深刻的剖析，首先是把中国社会定位为半封建半殖民地社会，然后才有了后面著作中所指出的中国革命的任务是推翻三座大山，结论是走武装斗争，农村包围城市的道路。同理，邓小平对"文革"后的中国正确定位为"社会主义初级阶段"，才确立了"一个中心（以经济建设为中心）、两个基本点（改革开放、四项基本原则）"的党的基本路线，使中国迅速走上了崛起之路。如果对中国社会分析不透，定位不准，就无法一步步推出一套中国革命、社会经济发展的思想、路线、方针和政策。正确定位无论对政党、国家还是企业，都具有先导意义。

如何进行正确的定位呢？一定要重视对客观实际的分析把握，必须做到实事求是，符合客观实际情况。在此基础上，要重视对历史经验教训的研究借鉴。历史教训既包括自己的，也包括别人的。以己为鉴，自己走过的弯路不能再走；以人为鉴，避免重蹈他人的覆辙。借鉴则既包括汲取反面的教训，也包括学习正面的经验。做企业管理，不能光"摸着石头过河"，还要会"跟着别人过河"，那样可以省掉许多的时间、精力和成本。

更重要的一点是，企业定位还要着眼于未来，看问题要有战略的高度。有句俗语叫"低头拉车，抬头看路"，一个好的领导者要注重对趋势、全局的把握，对整个行业的趋势把握不了，你就永远不能走在别人前面。

企业管理者要经过长期不断的积累和历练，努力成为拥有战略思维的人。在纷繁世界里，要具备一针见血看清问题、一剑封喉解决问题的本领。领导干部不必一定是专家型人才，但一定要成为复合型人才。通过确立科学的思维方式和正确的思想方法，能够认清事物的本质和方向。领导力的前提是观察力，而不能简单地归结为判断力和决策力，观察是正确认识和处理一切问题的基础。

军队要打胜仗，指挥官首先要对战场形势有清晰的把握，然后才谈得上制定正确的作战方略。同样，如果一个企业失败了，最大的可能是企业的定位偏差导致了战略错误。正确定位是企业战略的基点。只有建立在正确定位的基础上，校好"准星"，企业的资源、能力才能像出膛的子弹一样，百发百中，发挥出威力。

## 立足国内，稳扎"根据地"

北京时间 2001 年 11 月 10 日晚 23 时 37 分，在卡塔尔多哈举行的世界贸易组织第四届部长级会议上，随着久久回荡的掌声，中国正式宣布加入世界贸易组织。15 年零 4 个月的漫长"入世"之路，在这一刻终于成功了!

我与所有中国人一样,为之欢欣鼓舞。然而职业的直觉促使我陷入了思考。入世,无疑将是影响中国航空市场发展的重要因素。在未来自由的天空下,国航应该怎样调整战略来应对呢?

夜阑人静之时,我这个民航"门外汉"翻遍世界航空公司的经营案例,上下而求索着。

不久后的一天,国航论坛上一位网友的发帖,吸引了我的注意。他的一位朋友从东京返回北京,竟然乘坐 PIA(巴基斯坦航空公司)的航班,因为机票很便宜。和另一家公司 IRAN AIR(伊朗航空公司)相同,往返才花 3 600 元人民币(含税)。好奇之余,这位网友又跑到网上查询了一下,结果令他感到惊讶,北京到东京的航线上,居然有国航、东航、日航、全日空、巴基斯坦航空、伊朗航空、美联航、美西北航共 8 家公司在运营!

这则帖子点出了国航的一处隐痛。在一片"入世将拉动中国航空市场"的叫好声中,拥有最多国际航线的国航,却无法高兴起来。

我们不得不直面这样的尴尬:自 1990 年以来,国航的欧美航线整体处于亏损状态,而在外国航空公司的步步紧逼下,国航在国际航线市场的占有率也在直线下滑。初步统计,当时国航在国际航线市场的占有率已经下降到 36%,而在越来越多的外航航班中,中国籍的乘客已占到 40% ~ 50%,且增势不减,加入 WTO 后这种态势很有可能会加速发展。

国航的欧美航线亏损,无疑受到了一些客观因素的影响。首先,国航在海外的机票销售均为美元或欧元,而近年人民币汇率的持续上升,给国航造成了数十亿元的汇兑损失;其次,从旅客构成来看,中美航线上 86% 的客票是在美国销售的，中欧航线上 70% 的客票也在境外销售，这种以境外客源为主的市场分布，导致了国航在竞争中的劣势；此外，在软硬件配置和销售管理水平上，国航和世界的标准也存在差距。

但是，最根本的问题还不是这些。就像一场战役的胜败，不是取决于用长矛还是大刀一样，国航当前面临的经营困局，根本问题还是出在如何正确认识以及准确把握国际航线经营的内在规律上。

军人的思维方式使我首先去思考的是这场经营之战的排兵布阵。国航已经连接了 36 个国家和地区，在触角伸至海外的同时，国内腹地反而空虚，这是不是我们犯下的致命错误呢？换句话说，国际航线亏损，究竟是外国承运人难斗，还是我们自身的战略布局有问题——我们的航线网络不够健全？

过去，政企不分的计划经济体制下，按照政府的分工和指令，国航主要定位为"国际性公司"，承担国际航线的客货运输任务。这在一定程度上影响了国航的发展和综合竞争力，也影响了国航为旅客提供便捷服务以及品牌形象的树立。事实上，如果没有一定的国内市场份额和国内航线网络做支撑，就不能通过建立航空枢纽方式，由国内航线向国际航线输送旅客。这样国航要成为国际化品牌的企业，成为"国际性公司"，几乎是不可能的。

当时，国内航线明显是国航的"短板"。1990 年国航在国内市场占有率还为 37.6%，后来则下降到不足 15%。不但东方航空、西南航空等扩张迅猛，就连刚刚成立几年的地方航空公司，如海南航空、山东航空等，也在快速蚕食着国内市场份额。正是这样一个失衡的市场结构，使国航面对外航的竞争，始终未能真正确立自己的本土化优势。

这让人不由得想起在中国革命历史上发挥了重要作用的"根据地"思想。毛泽东特别重视革命根据地的建设，他曾多次批评历史上农民起义的"流寇主义"，指出要从中吸取经验教训，并亲手创建了第一个农村革命根据地，大胆做出了"星星之火，可以燎原"的结论。当年，在井冈山革命斗争举步维艰之时，毛泽东却在认真思考着"大小五井"产粮多少担、莲花县有几支枪、茶的出口和盐的进口等这些根据地建设问题，也正是这些思考让星星之火终成燎原之势。

棋经有云"彼强自保，方能徐图后进"，说的也是这个道理。任何事物的发展，都存在着一些普遍规律，关键看你能否善于总结，举一反三，触类旁通，用于指导自己的学习和工作。

"重国际、轻国内"是不是国航在以前的发展定位中存在的突出问题？在经过长时间的调查研究后，国航领导班子对此的认识趋于一致。"大河流水小河满，小河无水大河干"，而在国航的航线配置图上，却遗憾地呈现出一种失衡的状态。较之欧美航空公司覆盖本国和洲际的成熟航线网络，国航本该立足本土的国际航线反倒"先天不足"，成了"无源"的河道，无法满足旅客对方便、快捷的需要，竞争者的优势和自身的劣势自然便分出高下。

## 找出失败者，反其道而行之

现阶段的中国还是一个发展中国家，在国际政治、经济的大舞台上，我们是后起者。后起者要注意什么呢？实际上，我们现在许多发展的设想、举措都是发达国家经历过的。注意研究国际同行业，研究他们的发展经验和教训，可以找到捷径。

2005 年的春节，美国《纽约时报》的记者来到国航，希望采访我。2004 年国航的盈利占到中国航空运输业的 57.6%，"这在别人看来是一个奇迹！"他急切地希望了解国航发展和盈利的秘诀。国航是上市公司，限于信息披露的规定，我婉言谢绝了他的采访要求。

然而他敏锐的反应和观察力，还是让他找到了与我交流的题目。在我的办公桌上，几本关于全球航空公司兴衰的材料，引起了他的强烈兴趣。澳大利亚的安捷航空是如何倒闭的？日本的全日空是后起之秀，它是如何超越日航的？在数十年商业航空发展史上，为什么有那么多曾经风光一时的大航空公司陷入倒闭？就在这些看似轻松而泛泛的交谈中，他成功地"套"出了国航这几年的发展思路。

是的，历史何其相似！谁会知道，在反复的阅读和思考中，美国泛美航空公司的破产案例，当时就曾引起了我们对国航内外航线失衡的关注和警醒。

泛美航空曾是美国航线最长、历史最久的航空企业巨头。在鼎盛时期，它拥有员工 7 万余人，各种型号飞机 770 多架，航线遍布 50 多个国家的 100 多个城市。要知道，21 世纪之初，中国民航所有飞机的总和也不过才 262 架，这曾经是一个 3 倍于中国民航规模的巨无霸！然而，这个具有政府支持背景、独家垄断大量国际航线的航空公司，却在 20 世纪 80 年代末轰然倒塌，真是令世人震惊啊！1978 年，随着美国《航空业解除管制条例》的颁布，各家航空公司获准在任何航线上，以市场所能承受的任何市场价格进行竞争。仅有国际航线而无国内航线做支撑的泛美航空的根基发生了动摇，因而最终陷入了破产的境地。

我始终认为，公司无论大小，都要有正确、清晰的战略筹划。规模、层次的不同，战略筹划的具体内容可能会不尽相同，而企业决策中，所有管全局、管长远、管基础的事项都属于战略筹划的内容，企业经营者最重要的任务就是要把握好这些。

> 以别人的失败教训为鉴，反其道而行之就是一个简洁明快、行之有效的方法。我们不一定知道正确的道路是什么，但却不要在错误的道路上走得太远。

那么，如何做到这一点呢？从无数小到个人、企业，大到国家的案例中都可以看出，以别人的失败教训为鉴，反其道而行之就是一个简洁明快、行之有效的方法。世界著名咨询公司麦肯锡的资深顾问奥姆威尔·格林绍曾有一句名言："我们不一定知道正确的道路是什么，但却不要在错误的道路上走得太远。"这是一个对所有人都具有重要意义的方法论。即便一时还弄不清楚"正确的道路"在哪里，但是最起码，我们找出失败者，研究他们的经验教训，就会避免重蹈覆辙。这也会帮助我们理清自己所处的位置和未来发展方向。

日本工业的发展史清楚地印证了这一观点。第二次世界大战后，经过了短短30年时间，日本这个饱受战争摧残、经济匮乏的岛国创造了令世界震惊的经济奇迹。在有关日本经济研究的各种论述中，终身雇用制、企业价值观、TQC（全面质量管理）等被归结为日本企业崛起的关键因素。但我恰恰认为，这些论述中忽视了最重要的一点，那就是日本企业善于学习，善于吸取别人的经验教训，从而才保证了自身的企业定位、战略管理的正确有效。

以日本汽车业为例。20 世纪 60 年代末，日本汽车长驱直入欧美市场，令举世惊讶。然而我们要看到，正是欧美汽车业的失败造就了日本汽车的辉煌。在石油价格飙升的背景下，欧美汽车业"三大巨头"——通用、福特和克莱斯勒公司，却坚持生产传统的体积大、耗油多的汽车，结果在"石油危机"的冲击下节节败退。而日本汽车公司适时而动，转变发展战略，努力开发小型节油汽车，最终赢得了市场。

泛美航空可谓前车之鉴，国航则必须未雨绸缪，改变自己的航线布局和资源配置结构，走内外并举的路子！正是在这些考虑的基础上，国航最终确定了"国际、国内并举"和"以国内支撑国际"的战略框架。

## 学会跟着别人过河

战略的实施要靠战术动作来保证。我们首先想到，国航在国内市场需要一个支点，建设一个牢不可破的枢纽和基地，以点带面，把国航较为散乱的国内国际航线网络组织起来，形成竞争优势和聚集效应。

这一思路的形成，充分得益于国航脚踏实地的"学习精神"。前几年，国内流行"摸着石头过河"，鼓励大家要锐意改革、勇于探索。我在国航则经常说，既要"摸着石头过河"，还要"跟着别人过河"，如果水很浅，前面已有探路者，你直接趟过去就行了。问题的关键是要学会如何跟着别人走。对于在某一领域的经验和实力相对较弱的企业，为了尽快赶上领先的企业，采取"跟随战略"仿效别人，不失为一种既实用又有效的好办法。

事实上，随着全球航空业竞争的不断加剧，实施枢纽战略，发展中枢航线结构已是各大航空公司的重要特征。目前，排名全球前20名的航空公司，基本都拥有了中枢辐射航线结构，而名列世界前20名的机场，无一例外都是航空枢纽港，诸如法兰克福机场之于汉莎航空，华盛顿杜勒斯机场之于美联航等。这都充分说明，21世纪的航空业将是以枢纽机场为基础，枢纽航线为重心的行业，枢纽发展战略将成为航空公司参与国际竞争的入场券。

这是新时期航空业发展的基本规律，国航当然也要"跟着别人过河"。同时，枢纽的建设可以改变当时国内航空市场的游戏规则，对于国航发展国内市场更具有典型意义。如果仅靠新增航线与国内其他航空公司竞争，结果恐怕是"一步跟不上，十步望不见"，差距越来越大。而枢纽建立之后，点到点的航线竞争就将转化为航线网络之间的竞争，它将遏制航空公司在重叠航线上针锋相对、你死我活的竞争态势，并逐步形成国航在枢纽城市的强势格局。

这样一来，实际上可以变"竞争"为"竞合"，国航借力发功，可以实现国内竞争力的大踏步跨越。毕竟，国航加强国内航线建设，重要的目的还为了站稳脚跟后更好地经营国际干线。而国内网络的建立也不可能全部靠自己的运力投入完成，一己之力，着实有限。如果各家航空公司能够找到自己的正确定位，通过代码共享、航线联营等方式实现合作共赢，定能促使中国航空市场的发展，增强中国骨干承运人的竞争力，最终提升中国民航业在国际上的地位和竞争力。

北京无疑是国航建设枢纽基地的首选。国航是以首都机场为基地的航空公司。从世界经济来看，全球已经形成并将进一步强化北美、欧洲、东亚/南亚三大区块，其 GDP 总和及相互间的贸易量占全球份额的90%以上，这是全球航空市场中决定性的部分。北京位于亚欧、亚美等航线的交汇点，且地处高纬度地区，具备国际航空枢纽的天然战略区位优势，对于吸引外航及内航的欧美航线具有重要意义。把北京首都机场建成国际、国内航空枢纽，条件上无疑较为成熟。

当然，经验毕竟也是在特定条件下的产物，所谓"时移事异，变法宜矣"，学习别人也要充分考量自身的情况和条件。我从国航经营部门调来统计数据，进行了长时间的思考和研究。数据显示，仅以中国—澳大利亚航线为例，1999 年中澳之间的旅客流量应在 35 万人次左右，但实际上，当时中澳之间直达运力每年不超过 15 万座位，国航、东航、南航三家公司的澳洲航线都还没有达到每天一班。

原因在哪里呢？主要是新加坡、曼谷、中国香港等位于东南亚地区的航空枢纽将其截流了，大批旅客流经第三地，而国内公司的上述航线处于进退维谷的境地。市场规模足够大，为什么我们吃不到呢？道理很简单，北京首都机场没有形成足够的聚集效应。这就是说，不发展自己的航空枢纽，我们的国际航线将永远无法达到应有的发展水平。

很长时间以来，在中美双边航权的谈判上，国人总会感觉美方更受益。这个问题是无法回避的。2001 年 4 月，中美之间每周可以各飞

54 班，中方的运力投入每周不到 30 班，而美方航权不仅全部用完，还一直积极要求增加新的班次和新的承运人。

差距为何如此之大？除了软硬件、旅客结构等客观因素外，美方拥有世界上最成熟的航空枢纽和航线网络，恐怕是最大的原因。反观我们，机场提供的只是适合当地的经营条件，航空公司的干线面对的是"枯竭的源头"。通过国际航线与国内网络的紧密结合，美国航空公司形成了国际干线对全美地区的覆盖，挟中枢与航空联盟之威，它们无论在其本土始发还是在中国始发，都占有了绝对的优势与份额。

然而，航空枢纽建设需要各部门齐心协作，从政府到民航监管部门，再到机场、航空公司等市场主体部门，需要联动齐发，而我们如何取得有关各方的共识呢？

由于历史原因，我国许多机场都是按照"终端机场"的功能来规划建设的，并没有考虑航空枢纽运营和航班中转的需求。无论是飞行区跑道起降能力、应对异常情况的处置能力，还是航站楼旅客、行李中转功能以及地面综合交通系统、货运地面处理效率等方面，都需要大笔的建设投资。

在对形势的把握上，首都机场集团同样表现出了高度的战略眼光。环顾中国内地四周，依次有日本东京成田、大阪关西、中国香港、新加坡、泰国曼谷 5 大客货混合枢纽和马尼拉货运枢纽，同时还有东北亚地区在 2001 年刚刚开始运行的汉城仁川国际航空枢纽。无论对中国的航空公司还是机场，它们都构成了相当严峻的威胁，已经成为阻碍中国民航发展的环形屏障。

在这种环境下，2000 年 1 月，首都机场赴港发行 H 股上市，筹集大量资本用于机场的改造升级。同年，民航总局颁布了民航业发展的"十五"规划，明确提出重点建设北京首都、上海浦东、广州新白云三大枢纽机场，国航北京枢纽基地的建设因此驶上了快车道。

与此同时，国航也紧锣密鼓，强化以北京为枢纽的航班网络设计，扩大联程产品销售。经过努力，国内 15 个城市可在北京机场衔接国航至欧洲的航班，有 14 个点可衔接去温哥华、洛杉矶的国际航班，15 个点可衔接到澳洲的航班，自欧洲进港的航班也可在当日衔接至国内的 14 个以上的城市。国航推出了适合市场需求的国际＋国内、国内＋国内、国际＋国际、机票＋酒店等联程产品 139 种，国内虚拟航线衔接 266 条，丰富了产品种类，有力地支持了国航整体航线网络。

这几年，国航对国际国内市场的均衡发展给予了持续重视，坚持按照"内外并举"的思路，由国际带动国内，用国内支撑国际，大力推进以北京为枢纽，以上海为门户，以成都等地为区域枢纽的战略。今天的国航，已形成了以北京为枢纽，以长江三角洲、珠江三角洲、成渝经济带为战略重点，连接国内干线、支线并对国际航线形成全面支持的全球航空运输网络。在国内迅速增长的中转联程旅客市场中，国航既占据了最大的份额，也为旅客提供着快捷便利的服务。在中国最具规模、最为繁忙的航空枢纽——北京首都国际机场，国航市场份额最大，占据了主导地位。随着北京 2008 年奥运会即将举办和首都机场第三航站楼即将投入使用，国航作为北京 2008 年奥运会的客运合作伙伴，在首都机场的地位和实力，将进一步得到加强。

## 三航合并打造新航道

世界上许多事情都是利弊相间的，千万不能只见其利不见其弊。拿建立航空枢纽而言，尽管对航空公司的发展意义重大，但枢纽机场的缺陷也显而易见。旅客需要转机换乘，耗时耗力；航空公司的航线数量也必须达到一定规模，才能以量取胜，为旅客尽量增加中转机会。枢纽的威力可以用与其连接的航线数量来衡量，而对于国航来说，这个因国内航线较少而薄弱的环节，仅靠原有的运力调配很难在短时间内弥补缺陷。

这是"内外并举"战略需要进一步解决的问题。如何进一步提升国内航线的规模实力呢？国航领导层再度陷入了沉思。

2002年3月，经过反复的论证、研究，国务院批准了《民航体制改革方案》，国航、中国航空总公司、中国西南航空公司宣告合并重组。机遇终于来临！这次重组，开启了中国民航业实施"大公司、大集团"战略的大门，也为新国航进一步推进枢纽战略和国内航线网络布局创造了条件。

这里，要对不熟悉中国民航发展史的读者作一个简要的介绍。国航在资源配置上的不足，某种程度上，是中国民航业发展程度较低的一个缩影。新中国成立50多年来，企业规模小、运输能力分散、负债率高、竞争不规范、现代企业制度建立缓慢等问题，始终困扰着中国民航业的发展。国航走入低谷，实际上与这些因素的集中爆发有着很大的关系。

为了解决这些深层次的矛盾和问题，中国民航业的体制改革一直在不断推进。1987 年，民航进行了以航空公司与管理局及机场分离为主要内容的管理体制改革。90 年代，中国国内航空公司相继实施股份制改造，引入竞争机制，建立现代企业制度。而随着中国"入世"步伐的加快，中国航空业如何重组整合，并形成有世界竞争力的航空企业，将成为民航业下一步需要解决的问题。

《民航体制改革方案》确定了民航深化改革的指导思想、目标、原则和主要内容。根据《方案》的要求，民航总局按照"企业自愿、政府引导"的原则，对直属的航空运输企业和服务保障企业进行又一轮的重组。在时代潮流的推动下，国航、中国航空总公司、中国西南航空公司最终走到了一起。

重组而成的新国航，承接了三家公司全部的航空运输权益和业务，当时堪称"巨无霸"。对于国航人，这是个值得铭记的历史事件。"中国航空集团公司"和新国航应运而生，规模、资源和综合实力明显得到提升，国航发展史由此揭开了新的一页。

为了这一天，几乎从接手国航的那一刻起，国航领导班子就殚精竭虑，为推动三家公司的联合重组，几乎跑断了腿、磨破了嘴，为的是尽可能地给刚刚走出困境的国航，争取更多赖以发展的资源。

可以说，取得自身发展所需的资源，特别是获得关键性、稀缺性资源，是一个企业实现发展的前提条件。对于民航来说，由于是高投入、高风险的行业，购置飞机、发动机动用的资金巨大，自有资金相对较少，往往造成间接融资比例过大、长期债务过重、汇兑风险损失明显等问题，企业抓住机会获取发展的资源就更为重要。

自民航业联合重组走向明朗后，国航领导班子就针对相关问题组织了多次专门研究，努力提升自身在资源分配过程中的博弈能力，希望通过联合重组进一步获取航线、市场等资源，并进一步优化融资结构，降低债务风险和汇兑风险。可以说，在资源获取层面，联合重组之于国航具有里程碑式的重要意义。

截至 2000 年底，重组前的国航共有员工 12 027 名，拥有各类运输飞机 75 架，经营航线 115 条，其中国际航线 44 条，国内航线 71 条，资产总额 383 亿元人民币。

重组前的中国航空总公司实力可观，在海外、特别是港澳台地区取得了长足的发展。它拥有港龙航空公司 43.29% 的股份，为其单一最大股东，还拥有澳门航空公司 51% 的控股权。其全资控制的"中航浙江航空公司"则拥有运输飞机 8 架，经营 46 条航线。中航投资控股、参股的企业 58 家，1997 年 12 月，其旗下的"中航兴业有限公司"作为第一只航空红筹股在香港联交所上市。截止到 2000 年底，中航资产总额 91.3 亿元人民币，员工 1 451 名。

重组前的中国西南航空公司（以下简称西南航）则是中国西部最大的航空公司。截至 2000 年底，西南航共有员工 9 277 人，拥有各类飞机 38 架，经营 180 条国际国内航线，其中国际航线 8 条，国内航线 172 条，国内运输总周转量和航线数量位居全国民航第二位，资产总额 132.4 亿元人民币。

实事求是地说，从优势互补角度，国航、中航、西南航三家联合可谓民航业重组的"最佳组合"。国航具有一定的品牌和规模优势，但由于历史原因，资本结构不够合理，资本负债率较高，国内航线偏少，经济效益不尽如人意；中航在港澳台地区形成了一定的影响力，融资能力强，管理效率高，但由于其特殊定位，也存在着航空专业人员缺乏、实体性生产经营规模欠缺等薄弱环节；西南航成立后发展迅速，有较丰富的国内航线资源和有效的质量管理体系，但由于各种复杂的因素，尤其是青藏高原航线的特殊性，也导致了经营成本居高不下、资本负债率高、效益状况不好的实际困难。

> 从优势互补角度，国航、中航、西南航三家联合可谓民航业重组的"最佳组合"。

合并后，新国航飞机总数达到118架，国内国际航线395条，机队规模比原国航扩充了65.3%，人员和航线资源则增加了一倍左右。新国航的运输总周转量、旅客运输量和货邮运输量已分别占到全民航的31.9%、21.6%和29.1%，运输收入在世界航协265家航空公司中名列前30位，已经具备一定的规模优势。

在市场分布上，新国航的国际航线占有率最高。在国内，新国航成功地进军了西南和华东市场。一个以北京为枢纽，以长江三角洲、珠江三角洲、成渝经济带为依托，连接国内干线、支线，并对国际航线形成全面支持的航线网络初具规模。这为合理布局运力，推动北京航空枢纽的建设提供了有利条件。重组而成的中航集团，国内航线和航班量从重组前的2 472个增加到2 880个，联程可衔接航班从每周380个增加到680个，对国内市场的控制能力大大增强。

在机队结构上，机型相对比较统一，而经过整合后，机务维修、技术力量培训、减少航材储备、提高飞机利用率等方面，国航都发挥出综合性效应。国航与西南航、中浙航的所用机型基本相同，均为波音和空客系列，整合后仅波音737和空客319两个机型，全年航材的共享就可减少费用300多万美元。同时，通过统筹资源配置，新国航的经营成本和财务费用也进一步降低。

外界对民航业重组的效应却没有如此乐观。就在三大航空集团挂牌之际，民航业内最具影响力的网站"民航资源网"做了一次网上调查，题目为"您认为航空公司三分天下会带来什么结果？"调查结果显示：表示看好并认为会拯救中国民航业的业内人士仅占19.5%；认为换汤不换药的比例却高达64.7%；还有15.8%的人认为此举会给中国民航业带来混乱。

重组效应究竟会怎样？毋庸置疑，取决于重组能否及时、深入地推进。民航业此次联合重组，意在实现国内民航资源的优化整合、做强做大，这个大方向符合国际航空市场竞争和发展的态势，没有任何问题。但是摆在我们面前的，是如何快速推进重组进程，尽快化优势为实力，实现新国航核心竞争力的跨越式提升。

然而，重组而成的中航集团，拥有员工2.5万名，资产总额590亿元，资产分布横跨华北、西南、华南、港澳等地区，整合调配的难度之大，可想而知。

为加快联合重组的进度，在资产和组织架构层面上，中航集团采取了便于操作的"三步走"策略：第一步，先采取财务报表合并的方式，组建起中国航空集团公司。联合三方的资产（含股权）不进行资产评估，由财政部核定后均实行无偿划转。

第二步，由集团公司实施内部重组和主辅业分离的战略。中国航空集团组建后，保留中国国际航空公司的名称，对联合三方进行主辅业分离。航空运输主业及其关联资产全部划入中国国际航空公司，统一使用中国国际航空公司的标志，完成运输主业的一体化。辅业另行重组，由集团公司统一管理。专机部分由中国航空集团公司管理，并单独核算。

第三步，逐步清理，妥善处理遗留问题，同时进一步理清主辅业的发展战略，强化资本运作，严格企业管理等工作。

> 有了这一步的领先，国航才有了更多的主动权，也为战略的实施赢得了时间。

时针飞快划过了 2002 年。2003 年 1 月 1 日，新国航运营系统以崭新面貌出现在世人面前。国航所有航班开始统一使用 CA 航班号，起用 999 代码运输凭证，飞行、乘务人员统一换上了新的职业装。当年 7 月 28 日，新国航接过了由民航总局领导颁发的国航、西南航、中航浙江合并运行合格证书，这标志着集团公司率先在业内实现了实质性的市场一体化。

直到现在，提到国航业绩良好的成因，很多人还并不清楚这要归功于先人一步的重组。有了这一步的领先，国航才有了更多的主动权，来进行更深层次的企业资源整合、文化整合和内部管理体制改革，也为战略的实施赢得了时间。

## 收归山航，开辟优势战场

获得了资源，还有一个如何以科学性、系统性的观点来完善资源配置的问题。由于资源的有限性，我们无论做什么，一定要围绕核心业务，把自己最擅长、最主要的东西做好。人民解放军一条重要的作战原则，就是在作战之前做好充分的准备，集中优势兵力把仗打好，战略上以一当十，战术上以十打一，这样胜算就大得多。而作为企业，首先要在核心业务框架内去研究市场发展方向，这个方向就是资源配置和投资的主方向。

在战略定位中，这是一个极其重要的原则，是在竞争中实现"以己之长，攻人所短"的前提条件。例如，国航在国内客流量大、赢利能力强的热门航线上，就遵循了这一原则，采用密集航班的方式，确保市场占有率。国航每天在京沪间运转16个航班，不到一小时就有一班，这使得即使竞争对手申请到新航班，也难成气候。形象点说，这就像一群鸡围着一个盘子在吃食，其他的鸡就算在外面绕多少圈，也挤不进来。而拥有了热门航线的密集航班，当全行业运力增长出现放空时，国航所受的影响也是最小的。

再比如，我们提出做主流旅客认可的公司定位，着眼于公务、商务旅客——他们的消费忠诚度高，对于机票价格的敏感性较低，而且从市场分布的结构上看，也适应国航以枢纽城市、干线航班为主的营运架构。他们是国航最重要的客户，因此国航针对其需求，先后投入近7亿元改善客舱设备，拉开在这一领域与竞争对手的差距。

我们深知，资源的投入必须要考虑和研究企业本身的禀赋特点，考虑能否适应细分市场的特殊要求及竞争特性，否则，企业就将丧失发挥主观能动性的机会。近些年来，经常有人向我们介绍一些投资项目，有些项目确实非常诱人，但是与我们公司的定位不匹配，再好的项目也会变坏。总之，归结起来两句话：没有糟糕的行业，只有糟糕的经营；没有糟糕的项目，还是只有糟糕的经营。

对于符合战略方向又能够提升竞争优势的资源，国航则当断则断，排除一切困难也要努力占有。2004 年的春天，在新国航整合速度快得令人炫目的同时，国航也在积极酝酿，希望再开辟出优势战场。我们以 5.6 亿元的代价，将国内四大地方航空公司之一的山东航空公司收归旗下。这次收归被誉为"民航重组后业内最大动作"，业界人士也再度为之侧目。

2002 年中国民航业重组的基本思路是"抓大放小"，创造环境，助推骨干航空公司争取国际竞争中的主动权。这将意味着，在很长一段时期内，未来国内航空市场是"三分天下"的局面，其他小型航空公司的生存空间将日渐缩小。

当时的相关政策也清晰地反映出这一点。以限制经停城市为例，2003 年上半年，民航总局开始限制非基地航空公司在北京、上海、广州、沈阳、昆明、西安、乌鲁木齐、成都、武汉 9 个城市的经停航班；10 月将限制范围扩大到大连、重庆、厦门、海口、深圳、杭州等城市。地方航空公司的干线经营资源、航线网络的覆盖范围已大大受限。自 2002 年开始，山东航空等一批地方、支线航空公司纷纷陷入亏损。在一次行业内部会议上，一位地方航空公司的老总向我感叹道："我都看不到生存的空间了。"

然而对于国航，这可谓又一个机遇来临。在三大航重组后的版图上，国航旗下由西南分公司控制着西部市场，深圳航空（国航持有25%的股权）竞逐华南市场，但在腹地辽阔、潜力巨大的华东市场，国航竞争实力仍较为欠缺。而在当时，如果国航与山航联手则可弥补国航在华东市场的缺陷。

> 并购山航，可以盘活华东市场这条棋路，可谓是国航完成国内战略布局的一个捷径。

山东航空由此进入了我们的视线。当时，东航在山东占有35%的市场，南航的市场份额也达到了20%。而国航除了在山东的济南、青岛有几条航线外，山东周边市场的航线很少涉足。并购山航，可以盘活华东市场这条棋路，可谓是国航完成国内战略布局的一个捷径。

山航自1994年运营以来，搭建了"三环飞行"的经营格局，开拓出了较好的经营局面，它已拥有支线型SAAB飞机4架、CRJ200飞机10架、干线型波音737飞机9架，航线共计100余条。而"三环飞行"，即环渤海的天津、青岛、烟台、大连一线的飞行，环珠江的广州、深圳、珠海一线的飞行及环长江一线的飞行，山航已很好地构筑出了富有特色的航线网络，避开了与骨干航空公司的竞争。

但是，当时由于多种原因，山航渐渐步入亏损的困境，于是山东省政府和公司股东产生了引进战略投资者的构想。可见当时的并购时机已经很成熟了。包含山东在内的华东市场，俨然已成兵家必争之地，多家航空公司不约而同地表达了并购山航的兴趣。

国航向山东省政府充分表达了入股山航的诚意和信心。如果能合作,国航允诺会把部分国际航线交给山航飞行,打通山东与国际间的空中通道。同时,国航还将在其他方面与山航进行全面整合。首先在航线方面,除了国际航线外,国航利用自身优势可以为山航争取到更多航权,比如以北京为始发地的航权;其次在机队整合方面,山航可以扩充营运效率比较高的波音737机队,部分CRJ机队则由国航帮助消化;再次是销售整合,山航借助国航的销售网络和常旅客计划的优势,将提高客票的销售量和市场占有率;最后是国航将青岛、济南两地的地面代理业务交予山航,并将部分737飞机的维修业务交给山航下属的太古飞机维修公司,帮助其扩大经营规模。

上述前景的蓝图规划最终打动了所有的合作者。2004年2月28日,中国航空集团公司与山东经济开发投资公司、山东航空集团公司就山航股权转让事宜最终达成了协议。中航集团通过收购山航B22.8%的股权,并受让、增资持有山航集团48%的股权,最终成为山航的实际控股人。

协议签署之前,国航有关部门专门进行了测算。双方合作后,每年可以直接从市场方面互益超过1亿元,而由于实现资源共享,山航每年可降低成本1 000多万元。在现实的经济效益背后,更为重要的是国航将进一步提升所拥有的资源优势和行业地位,提高核心竞争力。

"连接南北,贯通东西",随着山航收购之役的收官,新国航在国内的战略性布局也基本成形。在我看来,收购山航好比是国航在开疆辟壤中的一次精耕细作,相比三大航联合重组,它可能只能算一城一池的胜利,但它带来的航线网络的伸展,会大大强化国航系列战略性重组的威力。这正是收购山航的深远意义所在。

## 正确定位，做行业领跑者

"三招做活一盘棋"。时至今日，许多人在关注国航内外并举、枢纽建设、航空资源整合系列"战役"的同时，仍在不停地追问，这些战略性思维究竟从何而来？

其实，做任何事情，首先要有大局观，用正确的思维形成正确的理念。企业经营就像梳头一样，是个从上往下理顺思路的过程。作为管理者，只要把握好全局，把最高点想清楚，具体运作的思路自然便迎刃而解。

那么，应该如何形成正确的思维和经营理念呢？这个问题看似玄妙，但是只要回归一些简单的事实，即：企业是做什么的？你的企业是做什么的？你——企业领导者具体要做什么？就会不难发现其中的玄妙。

企业是做什么的？企业最基本的功能是创造国民财富。没有盈利，企业功能就是一句空话。围绕着企业赢利能力的建立，国航展开了一系列的布局。建设北京枢纽和三大航重组好比"做眼"，收购山航好比"官子"，目的则都是为了做活整盘棋，为国航建立起长远的盈利基础。

我常常讲"大道相通"。从军队到企业，虽然环境、角色发生了变化，但做的同样是领导管理的工作，追求的同样是组织竞争能力的提升，最关键的都是对局势和战略的把握，而能否做到这一点，最终取决于认知能力。一个人的思维方式和思想方法科学与否，决定着其行动结果的好坏。说到底，这是一个哲学命题。

三大航联合重组期间，偶得清闲，我夜读毛泽东的《论持久战》，下面这段文字给我很大的震撼。

"敌我各有加于对方的两种包围，大体上好似下围棋一样，敌对于我、我对于敌之战役和战斗的作战好似吃子，敌之据点和我之游击根据地则好似做眼。在这个'做眼'的问题上，表示了敌后游击战争根据地之战略作用的重要性。"

这不正是对国航经营形势的判断吗？毛泽东的上述妙论，自然不是讲一个企业的具体经营问题，但他给我们指出了一条正确的思维之道，这是管长远、管根本的。从这个意义上讲，思维远比一种理论、一条"锦囊妙计"更重要。

同时，国航围绕航空主业布局的一系列运作，也进一步启发了我。企业定位不是凝固的、一成不变的，其间需要视情修正、补充和发展。这是对最初定位的深化和完善。如果认为一旦定位就一劳永逸万事大吉了，那迟早要吃亏。

在实践中，企业定位可以主要从四个方面入手，一是企业性质，主要指企业提供产品的性质，是属于公共事业还是竞争性产品，从而确定自身的发展战略；二是行业方向，大方向的确认与行业未来走向及企业自身资源条件有关，需要精心谋划；三是细分层次，一般而言行业内部还存在大量的市场层次，必须明确企业自己的业务模块对行业市场的覆盖面，对行业上下游链条的延展程度；四是竞争地位，对自身的市场能力、未来预期，要有良好的判断。尤其是公司的领导层，要从战略高度思考，把握企业的核心业务定位，才能防止企业走偏。

给企业确定的发展目标不能是虚无缥缈的"超一流"概念，必须是具体的，既不能高不可攀，又不能轻而易举，是要经过全体员工奋发努力才能达到的，否则目标就难以激发员工热情，难以统一企业文化。

在联合重组之后，中国航空集团公司于 2003 年提出了三个阶段性目标，一是做国内领先的公司；二是做亚洲的先进航空公司；三是跻身世界航空强企之林。当时，我们在国内遭遇激烈的竞争，企业连续巨额亏损，净资产只有 20 多亿元。在这样困难的情况下，我们还是跳出了本土竞争的小圈子，努力要求全体员工着眼长远，放眼世界，培育企业与国际航空巨头一决高下的能力，从而使国航最终成为了世界航空运输市场第一阵营中颇具实力的竞争者。

管理者的思维高度，决定着企业未来战略发展的高度。要做行业中的领跑者，就必须要"眼观六路、耳听八方"，以战略性的思维，对行业发展趋势进行广泛深入的研究思考。

新时期，国航对自身的战略定位，重新归纳为四句话，即"做主流旅客认可、中国最具价值、中国赢利能力最强、具有世界竞争力"的航空公司。如此定位，首先体现了新形势下航空公司经营活动的本质，同时也包含了国航对航空业发展趋势的判断。

"做主流旅客认可的航空公司"，是国航对市场的进一步细分。航空市场的旅客主要有公务商务和休闲两大类。我们瞄向的主要是公务商务旅客，而且从市场分布上也适应国航以枢纽城市、干线航班为主的营运架构。在需求上，公务商务旅客和旅游散客也存在很大的不同，他们所需要的是高频次的航班和航线密度，以保证顺畅到达，同时也更加关注服务的质量。这些正是在"做主流旅客认可的航空公司"的定位中需要把握的。

这几年，紧紧围绕服务主流旅客这一中心目标，国航不断强化战略目标的引领作用，提高服务水平，先后投入了6.8亿元改造公务舱设施设备；投资3 000多万元改造机上娱乐系统；针对不同地域配备不同风味的机上餐饮，满足头等舱、公务舱旅客的个性订餐的需求；实施常旅客计划和常旅客单位计划战略，与国内外相关服务行业单位结成常旅客战略合作伙伴关系，增加了服务内容、拓宽了服务范围。这些措施使国航拥有了高质量的客户群体。目前，公商务旅客已占国航运输旅客的72%以上；在国内市场方面，国航是重点城市间、高质量航线上实力最强的航空公司，国内82条主要竞争航线中，国航座位价值高于竞争对手的航线达到56条。2005年国航发展常旅客会员96万人，目前国航常旅客会员总数已达400多万人，数量位居国内航空公司之首，这反映了公商务旅客对国航品牌的认知度。

企业的一切经营活动都要以盈利为基础。作为企业，长期亏损将失去存在的价值。而从长远看，一个企业最根本的却不是具体的盈利数字，而是赢利能力和赢利品质，这实际上就是坚持科学发展观的问题。这几年来，国航认真实践科学发展观，走内涵式发展道路，牢固地坚持以安全为基础、以效益为中心、以提高人的素质为根本、以企业全面发展为方向的方针，来指导企业经营，并使这些看似抽象的原则，在国航都落到了实处。

现代企业间的竞争，是在全球经济一体化背景下进行的，这使得"做具有世界竞争力的航空公司"的目标势在必行。一直以来，外界有个认识误区，认为民航是国家行政色彩浓厚、垄断经营的行业。其实不然。在中国广阔的领空里，迄今已有上百家中外航空公司竞逐于此，中国民航市场已经与国际接轨，是竞争程度最为激烈的国民经济领域之一。这样的时代背景，要求国航必须要有全球化的视野和眼光。

近年来，国航大手笔的战略决策行动比较多，对此社会各界都十分关心。比如，2004国航为什么没有采用先发行A股后发行H股的方式，而是先选择了在香港、伦敦同时上市？为什么选择国泰航空作为国航的战略投资者？为什么选择日本全日空和新加坡淡马锡集团，作为财务投资人入股国航？实际上，这些都是围绕树立国际化的国航品牌形象、为奠定国航未来参与国际竞争的基础而运作的。2006年6月，国航与世界上最大的航空联盟——"星空联盟"达成谅解备忘录。目前，国航在与全球86家航空公司有双边合作关系的同时，正在履行加入"星空联盟"的程序，此举将对国航扩大在全球影响、进一步增加收入、降低成本等方面产生积极影响。而其后，国航与国泰航空达成股权交易协议，互相持股17.5%，将港龙航空并入国泰，同时对内地至香港共飞的航线实行联营的商务合作，更改变了亚太航空区域市场的竞争格局，勾画出国航未来在世界航空市场中的战略图景，这一图景将越来越引人注目。

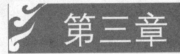

第三章

# 用人之道

## 引言：管理的精髓在于用人

军队打胜仗，有两个基本条件：第一，战略方针要正确；第二，要将帅得力，队伍过硬。如果队伍稀松，即使战略方针再正确，到头来也会一败涂地。这其中就包含着用人之道。

其实，治企之道也在于用人。

记得刚来国航时，有些人对我说："这里很多事你不懂啊！"我说："我不懂没关系，我会把懂的人找出来、用起来。抓具体的事不如抓关键的人，抓住了关键的人就管住了具体的事。"这就是苏轼所说的："治事不若治人，治人不若治法，治法不若治时。"

企业的管理，我归结起来就是四句话：把员工队伍特别是干部队伍摸得透透的，把经营骨干用得顺顺的，把规章制度建得全全的，把全员素质提得高高的。管理工作有许多内容，但核心是对人的管理，归根结底是带队伍。管理的精髓在于用人。

用人之道，概而言之，就是一个选人、用人、爱护人、培养人的过程。选人，要有识人之慧；用人，要有容才之量和用才之魄；爱护人，要严格要求，严格管理，这是最大、也是更深层次的关心；培养人，就是要抱着对人负责的态度，为人才的进一步发展创造条件。现在许多管理者和领导者习惯把"凝聚力"挂在嘴边，殊不知，不谙用人之道，凝聚力便无从谈起。

深谙用人之道，领导者自己要明智。何谓明，自知是谓明，其表现是不做力不从心之事，否则，就是鲁迅所讽刺的，总想拔着自己的头发离开地球；何谓智，知人是谓智，其表现是不给人以不胜任的工作，否则，就可能造成"挥泪斩马谡"的结果。西汉政权建立后，刘邦在总结大业成功的经验时说道："运筹帷幄，决胜千里，吾不如子房；镇国家、抚百姓、不绝粮道，吾不如萧何；统百万之众，攻必克，战必胜，吾不如韩信。三者乃汉之人杰，人杰为我所得，天下为我所有。"这段话既显示了刘邦的明智，又生动地揭示了人才与成就大业的关系。同时也启发人们，作为一名管理者、领导者，要有用才之道。对人的管理是一门艺术，每个管理者、领导者必须通过长期实践和不懈探求，才能够领悟其中的真谛。

## "班子、骨干、员工"，一个都不能少

企业的竞争力，体现在三个层面上，即领导班子的竞争力、经营骨干的竞争力、全员素质的竞争力。

讲用人，班子、骨干、员工，一个都不能少，但其地位、作用和具体要求及使用方法，又有所不同。

我们应当怎样看待以及怎样抓班子呢？

企业好不好，关键看领导，领导行不行，关键看头名。正如拿破仑所说：一头狮子带领一群绵羊，这群绵羊最终会变为一群狮子；一头绵羊带领一群狮子，这群狮子最终会变为一群绵羊。

班子是企业一切经营管理活动的中心和核心。抓企业发展，就要

下功夫抓班子建设，抓班子的凝聚力、战斗力。这是企业发展的关键，也是打造企业核心竞争力的根本。

班子的战斗力具体有四个方面的内容：班子要有思路，没有思路企业就没有出路；班子要有眼力，没有眼力就不能识人断事；班子要有基础，没有群众的拥护，权力就失去了根基，没了权威性；班子要善凝聚，松散的班子带不出坚强的企业。

对于企业主要负责人来说，有思路和远见卓识是摆在第一位的。人的思路和思维能力是存在差异的，经营管理人才自身也有不同的层次，其中的主要差异，可以用"领导"和"管理"两个词来概括。比较而言，从目标上说，领导一般对远景考虑得多一些，而管理往往对近期或具体的目标考虑得多一些；从手段上说，领导往往偏重柔性的技术或艺术，而管理往往偏重刚性的技术和方法；从内容上说，领导往往在战略、大局、文化、人才方面考虑多一些，强调创新和变化，而管理往往在局部、事务、规则方面考虑多一些，强调严谨和规范。当然，领导与管理又是相互关联的，经营管理人才，作为管理者，在素质上要向领导者提升；在领导岗位的，也要在技能上向管理者学习。

抓班子关键在于会搭班子。戏班子是由不同的角色构成的，同理，搭建企业领导班子，也要关注不同的角色组合，使之从整体上发挥出互补聚合效应。其一要关注主副的搭配，主官要有帅才，副职要有将才；其二要关注专长的搭配，要长短互补；其三要关注性格的搭配，要刚柔相济，"面"性子在班子中往往能起到"减震"的作用；其四要关注年龄的搭配，使班子人才辈出，防止因"老"而荒；其五要关注性别的搭配，班子中性别不同，往往能使班子更活泼，增加和谐度。

总之，搭班子如同搞建筑，有着很强的艺术性。毛泽东不但是伟大的政治家、军事家，在搭班子上也是艺术大师。从解放战争中四大野战军指挥班子的搭配上就可见一斑。第一野战军是彭德怀任司令员兼政委，彭德怀是军事帅才，忠心耿耿，性格果断中有武断，让其军政一肩挑，横刀立马，独挡一面，再配上能"减震"的习仲勋任副政委，一野席卷大西北。第二野战军司令员刘伯承，政委邓小平，二人文武兼备，军政均强，长期合作，琴瑟相谐，配上陈毅任第二政委，二野在战略反攻中打头阵，千里跃进大别山，渡江战役后，二野横扫大西南。第三野战军的基础来源于新四军，陈毅曾任新四军代军长，在三野中有很高的威名，粟裕则在指挥运动战上有长才，毛泽东就用陈毅的威名，让其任第三野战军司令员，同时兼任二野第二政委，让粟裕担任第三野战军代司令员，陈毅豁达大度，粟裕一展长才，率部激战苏、鲁、皖，渡江战役后，三野挥师直下大东南。第四野战军司令员林彪属军事奇才，但性格特别，于是毛泽东安排刚柔相济、善处人处事的罗荣桓任四野政委，第四野战军扫平东北，会战平津，经中原，下湖广，直至海南岛。毛泽东这种搭班子的精妙艺术，很值得研究借鉴。

应当怎样看待和使用经营骨干呢？

一个企业之所以出现这不顺那不顺的状况，关键是经营骨干没用顺。做领导的，既要把优秀干部派到重点地方去、派到工作推不动的地方去、派到好项目的运作经营中去，又要培养帮助干部指导他们开展工作。注重干部队伍建设是经营好国有企业的根本途径。

我在军队时，在国防大学学习期间，研究了许多战争时期毛泽东、蒋介石的书信。毛泽东给下属的许多电报最后一句往往都是"情况紧急、不必请示",而蒋介石不是,他经常越级进行直接指挥。这其实是个是否相信骨干、会不会使用骨干的问题。仅此一招,便有了高下之分。

企业里的经营骨干是什么样的人才呢?这有三条需要把握:一是有思想,就是要善于领会理解上级制定的决策,经常思考问题、琢磨事;二是有执行力,就是能够把上级的一些思路、决策联系本单位的实际并贯彻到底,要有一股不达目的誓不罢休的锐气和激情;三是有开拓精神,就是不故步自封,不墨守成规,懂得创造性开展工作,勇于创新和善于创新。

领导干部一定要正确看待经营骨干的执行力,千万不能机械地看,更不能出于私心戴着有色眼镜看。不要看他是否都听你的,要看他做的是不是在贯彻你的根本意图,对企业整体的发展是不是有好处。作为经营骨干,对上面的领导也不能一味顺从,更不能出于私利曲意逢迎,要有自己的思想,既对上级负责又对企业负责,最终为的是对企业负责。实际上,最听话的下属往往可能也是最容易坏事的。还是陆贽说得好:"讷讷寡言者未必愚,喋喋利口者未必智,鄙朴忤逆者未必悖,承顺惬可者未必忠。"

谈到骨干的重要性,我永远忘不了初到国航时的情景。那时我接到的信件有39封,其中36封都写下了自己对国航的建议和希望。一封来自基层没有署名的信,写了国航的八大优势和八大隐忧,还提出了应对的措施,足足有二十多页信纸。在当时的国航内网论坛上,还有一篇《我们的年轻飞行员,应当振作起来》的发帖,文中列举了国航一些不利于年轻飞行员成长的现实，同时用劝诫的口吻，建议国航的年轻人不要急功近利，"今天国航飞行员队伍，实际上存在一个不易发现的断层。一部分经验丰富的老机长，都已五十多岁，面临退休，而三四十岁的飞行人才从未来看，其数量显然不足，国航未来的发展趋势要求年轻一代必须迅速成长起来。"这些建议的提出者都是国航的骨干人士。骨干是酵母，是种子，他们可以影响一批人，带动一批人。因此说，领导手中没有一批骨干，好比有枪缺少子弹，即使班子是把好"枪"，杀伤力也有限。

怎样看待和使用企业员工呢？

如果把企业比做一个人，那么班子是头脑，骨干是骨骼，员工就是一个个细胞。细胞虽微，但若不正常、不健康、不活跃，也会影响整个肌体。员工素质不高、队伍不过硬，再好的经营战略和工作思路也不可能得到有效的贯彻落实，企业核心竞争力就会大打折扣。因此，企业用人还必须着眼于全员素质的提高，这要从把握员工队伍的整体状况，抓好公司的全员培训，抓住品格、业务作风建设这三方面入手，从而使公司的每个细胞都充满活力。

2002年4月15日国航CA129航班在韩国釜山发生空难事故，一时间国航面临空前未有的压力。4月16日清晨，在国航内部论坛上，一位国航乘务员曾留下了这样的帖子："今天下午，我就要飞北京到三亚的CA1365航班，夜里三点才回来。我届时会对我的组员说，大家要静下心来，还用我们最好的微笑和最好的服务面对每一位旅客。用我们的微笑，面对国航！"当时我看了感动极了，这就是我们国航员工的素质！不离不弃，不屈不挠，众志成城，国航何愁不能再度高飞！我想，用员工，就要用这样的员工，而国航所有的员工，也都应该具备这样的素质。

> 班子要坚强，骨干要得力，员工要合格，只有这三个层面齐备了，企业发展才有坚实可靠的根本。

用人，通常的理解为选拔和使用某个具体的人。其实，用人一词中的"人"在俄语语法中，有单数和复数之分。放开眼界看人，这应当包括班子、骨干乃至全员。班子是关键，骨干是桥梁，员工是基础。班子要坚强，骨干要得力，员工要合格，只有这三个层面齐备了，企业发展才有坚实可靠的根本。

## 任人唯贤，避免任人唯亲

诸葛亮有言："治国之道，务在举贤。""国之有辅，如屋之有柱，柱不可细，辅不可弱，柱细则害，辅弱则倾。"治国与治军、治企业是大道相通的。在人事聘免问题上，作为领导者或者管理者，一定要光明磊落，襟怀坦白，千万不能任人唯亲，搞小圈子。搞小圈子的结果必然要丢掉大多数。作为领导者，一旦丢掉大多数，失败就是必然的事。

在 2002 年国航工作会议上，在谈到警惕人事聘免受不良风气的干扰时，我谈到："我们不能搞小圈子，在用人问题上搞封官许愿，讨好卖乖，透小消息那一套，常常适得其反，人事上的个人恩惠往往也会转化为个人恩怨。"唐朝名相狄仁杰任宰相后，女皇武则天曾问他，想不想知道是谁推荐他当宰相的。他回答说不想知道。武则天问为什么？狄仁杰说，知道了会对推荐人心存感激，妨碍秉公办事，任公职不应谢私门。作为当代人，在这个问题上我们应该比古人有更高的境界。

经验证明，在人事聘免问题上，需要以公开求公正，以程序求规范。用人光有好的想法不行，还要有相应的制度、规则做保障，变"人治"为"法治"。我们国航在干部任免上的做法是，由正副手一起听取组织、人事部门对干部的考核情况和调配方案，形成基本意向再充分征询班子成员意见，修正方案后再上会审议，审议后再在群众中公示，且实行试用制，最终视情况决定是否正式任用。通过这样的集体决策、民主决策、程序决策，人事聘用取得了良好效果。

任人唯贤，有一个对"贤"的标准的认识问题。我由于做过人事工作，又长期做领导工作，渐渐地培养了对古今中外有关人才方面论著的浓厚兴趣。《史记·管晏列传第二》中管仲那段有名的话"吾始困时，尝与鲍叔贾，分财利多自与，鲍叔不以我为贪，知我贫也。吾尝为鲍叔谋事而更穷困，鲍叔不以我为愚，知时有利不利也。吾尝三仕三见逐于君，鲍叔不以我为不肖，知我不遭时也。吾尝三战三走，鲍叔不以我为怯，知我有老母也。公子纠败，召忽死之，吾幽囚受辱，鲍叔不以我为无耻，知我不羞小节而耻功名不显于天下也。生我者父母，知我者鲍子也"，每读至此，我都感动不已。鲍叔对人才的看重、理解、大度和爱护，多么令人起敬！我经常与一些人士讨论人才问题，什么是人才？从国航企业的实际出发，我归纳为四条：其一，有建功立业的追求，有新见解、新思路，叫做"善想事"；其二，业务精通，有本事，完成任务出色，叫做"会干事"；其三，面对问题、矛盾，尤其是在突发事件面前不胆怯，不退却，善于化解危机，叫做"能成事"；其四，遵纪守法，严于律己，规规矩矩做人，踏踏实实做事，叫做"不出事"。按照这四条选人用人，群众是认可的。

一名领导干部，一个领导班子，只要能以宽广的胸襟去管理企业，不谋私利，不争权力，个人非但不会失去什么，反而更能获得员工的欢迎和支持。领导者一定要明白，一个人的胸怀有多大，事业才有可能做多大。在国航内部，我们一直强调，民航在中国是朝阳产业，随着民航业联合重组和市场竞争的彼此消长，国航能否成为中华民族民用航空业的巨舰，一个重要条件就是要看国航管理者能否具有容下巨舰的胸怀。为了国航的未来，国航的领导干部特别是年轻干部，要有这样的胸怀。这种胸怀表现在用人上就是任人唯贤。

## "赛马"机制获得人才

"世有伯乐，然后有千里马；千里马常有，而伯乐不常有。故虽有名马，柢辱于奴隶人之手，骈死于槽枥之间，不以千里称也。"韩愈的话道出了伯乐的意义和责任，但是，人非圣贤，孰能无过，很难保证伯乐不会看走眼而挑中"病马"、"劣马"。况且，伯乐个人相马的时间、精力毕竟有限。随着时代的发展，变伯乐"相马"为公开"赛马"，并且形成制度，才是发现和使用人才的最佳途径。

循着这一思路，为建立"赛马"机制，国航在干部人事制度上一步一步开始了艰难的改革。

2000 年 11 月，我们刚刚到国航工作时，原国航有 1 116 名科级干部，548 名处级和司局级干部。公司连续 3 年冻结了干部工作，其中一个重要原因在于内部关系过于复杂，稍微对干部进行调整就会招惹麻烦。为了扭转人事工作上的不良风气，打破干部的"铁交椅"，激活整个干部人事工作，2002 年起，国航开始推行干部考核任用制度改革。国航从建立以来一直实行的干部行政级别被取消，干部终身制首次被打破。代之而来的，是国航绝大部分管理岗位重新进行竞争上岗。

随后，国航一大批关键部门的领导职位，如公司总裁办公室主任、航空安全部副总经理、企业管理部副总经理等，都出现在公开竞聘上岗的名单中。整个竞聘过程，国航也彻底实施了阳光作业。

为全面考核竞聘人员的素质，国航设置了多个程序，从理论笔试、演讲答辩、民主测评等多个方面进行考评。其中，笔试涉及政治理论、时事政治、管理知识、公文写作和相关业务等多项内容；演讲答辩规定了答辩考评组的人员组成和权重比例，考评组按照统一的评分标准根据竞聘者的工作思路、创新能力、逻辑思维以及语言表达能力等方面在规定的分数幅度内当场打分；民主测评根据竞聘岗位的不同，测评范围、测评内容、测评办法与权重比例均有所不同。这既坚持了群众公论，又注重工作实绩，实行择优录用。

大政方针确定之后，细节也不可忽视。为了依"法"办事不走样，国航采取了多种办法来监督竞聘。比如，不同级别岗位的数套考试试卷考前全部封存，试卷内容竞聘工作组成员事前并不知晓，考试当天任意抽取一套现场开封。

由"相马"到"赛马"固然是一大进步，但如果不强调"公开"

二字，也很可能变味。只有阳光作业，公开"赛马"，群众能够进行监督，暗箱操作将无所施其技，赛马结果才真实有效，也才更有说服力和公信力。

国航干部竞聘采用公开、公正、公论的"三公"原则，一改过去干部任用由少数人在少数人中选人的神秘化做法，给员工以平等竞争的机会，为企业吹入了一股清新之风。在国航客舱服务部 41 个领导岗位的重新竞聘中，有 86 人报名参加，结果原有人员中的 17 人落选。我曾找一名落选人员谈话，问他有什么想法，他回答说："公开竞聘，公平、公论、公信，上来的好说话，下去的没话说，我要努力学习，争取今后重新参加竞聘。"

> "全体起立再坐下，全体出去再进来"，这是实现企业内部人尽其才、才尽其用的新举措。

"全体起立再坐下，全体出去再进来"，这是实现企业内部人尽其才、才尽其用的新举措。我们在国航进一步提出，要每年拿出 1/3 的岗位重新竞聘，三年轮一遍。有人说，"我干得好好的，你为什么还要让我先出去？"没关系，只要你真干得好，肯定还能再进来。重新"洗牌"下来又怎么办？易岗易薪。这样会不会人心惶惶？又有人提出这样的担忧，但是，竞聘的目的就是想让人增加紧迫感，激发上进动力。三年一次，也谈不上是人员队伍的频繁更换，更不至于人心惶惶，最终只会使得干部员工工作热情空前高涨，人才队伍活力四射。

而真正体现新国航在人事任用上的革新观念，并在全民航系统引起强烈反响的，还是面向全国的公开招聘制度的建立。内部人员考核、竞聘，总还会有人说是"近亲繁殖"，面向社会招贤纳士，则体现了公司选人用人的"不拘一格"。2005年中航集团面向社会公开招聘一名资本运营总经理，吸引了全国294人报名，其中博士就有86名。2006年，中航集团已经在全国和公司内部经公开选聘，配置了57名高级副经理以上管理人员，这使公司干部队伍的专业化、知识化、年轻化水平明显提升。

"海选"来的干部会不会"水土不服"？没关系，我们规定所有新干部都要经过半年试用期、一年考察期，让他们在企业实践中经受千锤百炼，不成材则可以重换。而所有的做法，只是一种途径，目的是为了打破封闭的用人模式，把国航的人力资源放到社会人才的大海中去量一量，为国航培育现代企业精神、建立起符合现代企业制度的机制开路。

## 培养人才比选拔人才更重要

在人才问题上，当领导的有两项工作不能忘记：一是选拔人才，二是培养人才——培养领导人才。春秋时期齐国著名政治家晏子曾说过："一年之计在树谷，十年之计在树木，百年之计在树人。一树一获，谷也；一树十获，木也；一树百获，人也。"现代人往往以此阐述，人才培养是百年大计，事关长远。其实，晏子的本意还说明另外一个真理：人才投资才是最具价值的投资。

在人才培养这个问题上，有非常典型的历史教训可供借鉴。熟读三国的人都知道"蜀中无大将，廖化做先锋"这句话，诸葛亮虽然博古通今，堪称旷世奇才，然而，与曹操阵营人才如云、孙权手下帅才新人辈出相比，他在人才培养方面却是逊色许多。蜀国鼎盛之时，一度也不乏"可用之人"，五虎上将"关、张、赵、马、黄"自不必说，便是马岱、魏延、邓芝也绝非等闲之辈。然而，诸葛亮在排兵布阵之时，却并没有从培养人、锻炼人的角度出发，只是一味地使用老将，且每每临战，必唤某某单独入账，耳提面命，然后大家各干各的。更有甚者，对于执行特殊任务的将领，诸葛亮还要独授所谓的"锦囊妙计"，并严格规定拆阅时间和程序。最终，大家都惊呼"军师真神人也"。长此以往，使许多将领只知其然，不知其所以然，徒添依赖性，谁也没有从一次次胜利中学到点什么。三国归晋，蜀国先亡，亡就亡在后继乏人上。

对于快速发展的中国民航业，人才培养的重要性尤为突出。众所周知，民航也是一个生产链条很长的行业，一架150座左右的客机，从空乘人员到地面配套管理、服务人员至少需150人。而据国际航空运输协会预测，未来20年中国将需要2 400架新飞机，波音公司则预测需要2 900架新飞机。目前国际民航平均的人机比是100:1，而我国民航业这一比例为150:1。这意味着，以国际民航水平计算，未来20年我国需要民航类人才20万人。如果以我国的民航水平计算，则需要近40万人。这个数字也许会根据行业的发展和员工配置而有所调整，但可以肯定的是，在未来很长一段时间内，我国航空人才都将处于短缺状态。近几年，随着国内民航市场进一步开放，国外各大航空公司纷纷进驻中国，各大外资航空公司、民营航空公司、民航业衍生的航空服务企业带来的人才需求正在急速膨胀。

为此，国航高度重视人才队伍的培养。近年来，国航员工学习考察队伍的足迹已先后踏进了美国 GE 公司、英国罗·罗公司、德国汉莎公司、香港国泰等各大公司。同时，国航还派学员到中组部浦东干部学院、东风汽车公司、上海宝钢等学习，学习内容涵盖了如何提高领导力和执行力、如何进行班子建设和党建工作等各个方面。仅 2005 年，国航就组织选派 831 人次参加了 53 期内外部培训。最近 3 年，国航各级领导干部受训面已达到 100%。

在我的心中，还有一个挥之不去的"国航大学"情结，这将是提升国航全体员工素质的又一项重要工程。目前它的建设仍在紧锣密鼓的筹备中，已经与北京市政府的有关单位签订了先期购地 500 亩的协议，并开始启动相关基础设施建设，而美国 UND 航空大学、香港国泰航空都表示了有参与共同办学的意愿。国航领导层规划，这所国航大学未来设置的专业将涵盖飞行、运行控制、机务工程、管理、航空服务等领域，实现在职教育和学历教育并举，每届可培养学生约 2 000 人。这是关系中航集团未来可持续发展的一件大事，也是公司建设学习型企业的重要战略举措。

重视办学，致力教育，可源自我在革命圣地延安所受的触动。我还在西安空军某部任职时，曾到延安参观，在一所窑洞里看到了当年农业机械学校的旧址。当时我很惊讶，战争年代，延安的物质条件很差，却办了和当时打仗毫无关系的农业机械学校，可见当时以毛泽东为首的中共领导人的眼光、胸怀和气魄！令我更为惊讶的是，讲解员说，当时延安所办的各类学校竟有 28 所之多！过去我们只知道延安有个抗大、鲁艺，谁知道还有这么多学校！我想，中国革命的胜利，从某种意义上可说是教育的胜利。过去在那样艰苦的条件下，中国共产党都那样重视教育，那样重视人才培训，且取得"一树百获"的效果，这一历史经验很值得办企业的人士借鉴。

建立国航大学的想法，还来自于我对国航近年来发展历程的反思。联合重组以来，国航为什么会有源源不断的创新？为什么可以快速对市场的变化做出正确反应？归根结底，是由于我们强调了学习，形成了正确的思路。应该说，现在的国航还不是一个真正的学习型企业，但我们正在为此而不懈努力。只有加强学习，不断更新知识，企业才会拥有光明的未来，也才能在实现顾客满意的同时，让员工不断拥有成就感。而这正是一所企业大学的价值所在。

从公司办大学来讲，在世界范围内并不新鲜。据报道，在美国就有约2 000所公司大学，而在航空界，德国的汉莎商学院早已是声名远播。麦当劳汉堡大学的校长曾说过这样的话："每投入1元培训费，可能产生10倍以上的产值回报。"这与两千多年前中国晏子的"一树百获"之论何其相似！

作为企业领导者，最重要的不是事事亲历亲为，而是要努力搭建人才涌现的平台，让企业每个干部、每个员工的聪明才智得以充分发挥；让他们的积极性、主动性、创造性得到最大限度的释放。谁做到了这一点，谁就拿到了明天竞争市场的入场券。

## "严格"出成绩

《参考消息》曾经转发路透社的一篇文章，发人深思。文章说的是一项研究显示，一个员工的不良习气，会影响他人并像病毒一样四处传播，破坏同事关系，甚至损坏良好的工作团队。华盛顿大学学者的一项研究显示，同一个烂苹果会把一整筐苹果都带坏一样，一两个不良员工就足以败坏良好风气，而少数好员工却很难"带好"整个团队的风气。团队中只要出现一个"有害"或表现不佳的成员，整个团队的表现就会逐渐下滑。烂苹果的危害是很大的。为此，在中航集团开展的"查问题、找隐患、挖潜力"活动中，集团下属的一家公司还展开了一场"查找烂苹果、寻找红苹果"的讨论。

来到国航，我深切感受到企业不同于军队。企业的组织系统是建立在相互理解和容忍的基础上的，自我管理是企业文化中很重要的一部分。但对于少数不自律、不上进的人来说，这样的组织又是脆弱的，因为这些人会很容易利用这样的企业文化而充当"烂苹果"。这样的人如果不被发现、不被处理，必然危害集体，同时对那些勤奋努力工作的人来说，这也是一种不公。

俗话说，严是爱，松是害，姑息放任要变坏。国航一度走入低谷，一个重要原因就在于公司一个时期对员工的要求和管理不严格。美国教育家戈斯曾经说过："对任何一个人如果只用过低的标准来要求的话，那么他只会越来越糟。"国航2000年以来处理的遗留案件和违纪问题中，被判刑9人，其中死刑2人；受到党纪政纪处分者28人，其中被开除党籍者12人。一个公司这样高的发案率，不正是姑息放任的恶果吗？治党当从严，治军当从严，治企也当从严，严格是做好各项工作的必需条件，严格也是对干部、对员工最深层次的爱。

那么，为什么以前在实际工作中严不起来呢？总结原因主要有四点值得我们深省。

一是责任心不强，不想严。试想，一个有强烈责任心、事业心的领导者、管理者，能对本单位的问题充耳不闻、视而不见吗？

二是表率作用差，不敢严。孔子曰："其身正，不令而行，其身不正，虽令不从。"正人要先正己，打铁先要自身硬。领导者、管理者本身不硬，怎么可能严起来呢？他会害怕别人反唇相讥嘛！

三是缺少正气氛围，不能严。好听的话容易哄住人，好心的话容易得罪人。在一个只愿听好话，不愿意听批评话、是非混淆的单位，严格要求会经常遇到阻力，敢抓敢管的人甚至受到孤立。

四是规章不健全，不好严。以前国航在处理应停飞人员和违纪人员时经常听到"依据哪一条？"的发问，这说明没有明确严格的规章制度也很难严。严格，要严在"格"上，"格"就是规章制度。

而前两条又是根本原因。领导者、管理者只有具备强烈的责任心、事业心和良好的表率作用，才能真正做到严格要求和管理，并在严格要求和管理中营造出整体严格的氛围，制定出严格科学的规章制度。

严格，要从领导干部严起，从机关严起。防止严下不严上，严人不严己。严下不严上的结果必然是上下都不严，严人不严己的结果必然是对人不好严。我刚到国航不久，有位管理者慷慨激昂，说什么下面再怎么怎么，他就要挥泪斩马谡！我说你的气概很英雄，你可知道诸葛亮斩完马谡他自己怎么办的？他自贬三级，由宰相降为偏将，代行宰相职权。他是严格查找到并追究了自己的责任的。领导和机关权力比普通员工大，但犯错误的机会也比员工多得多，对此一定要头脑清醒。

在企业对外形象传播问题上，好事与坏事的传播效果是不对称的。这种传播效果，可以说是"十朵花掩盖不住一星臭"，也就是说个体善与恶的能量是不相等的。事实上，一个单位的荣誉是全体员工创造的，一个单位的恶名则可能是个别人造成的。同样，在现代信息社会，几十封表扬信还不如一封投诉信的影响大。所有人共同努力保证的几十年安全记录，却有可能因为个别人违章操作而毁于一旦。全公司倾心打造的品牌形象，也有可能因为一个人的服务失误而受到伤害。有鉴于此，我们在国航内部，旗帜鲜明地提出了要"严"字当头，从管理层严起。

与"烂苹果"相反，我们身边也总有一些积极向上、踏实努力的干部、员工，他们是公司中的"红苹果"。果园里最先卖出去的是红苹果，

> 果园里最先卖出去的是红苹果，最为公司节约成本带来效益的就是这些好员工。

最为公司节约成本带来效益的就是这些好员工。我们给他们以应得的荣誉和利益，作为对正气的弘扬和褒奖。我们的企业文化建设注重建立业绩考核和收入分配导向机制，明确提出"为岗位价值付薪、为知识能力付薪、为绩效付薪"的收入分配价值取向。同样的岗位，相同的职务，收入分配却被拉开了档次，这样，干部、员工的关注点开始发生变化。在严格要求和严格管理下，所有的干部、员工都有了提高、

发展的空间。一个企业，也只有不断为人员素质的提高和人才的成长创造有利环境，才能够获得最扎实的根基和最旺盛的生命力。

## 创造"拴心留人"的共事环境

人才是企业最宝贵的财富。那么，怎样才能确保这笔财富"保值"乃至"升值"呢？

在市场经济下，丰厚的薪酬待遇是吸引人才的有效手段，但也是最原始的手段。事实上，在国航领导层看来，一个企业、一个组织吸引人、留住人，最重要的是能给他提供一个发挥的空间，一个向上成长的平台。让人才在组织体系中找到自己的位置，发挥自己的才干，使他能感受到更多的成就感，这要比良好的薪酬待遇还显得重要。

我曾与国航员工深入讨论过有关幸福的问题。其实，幸福有个递减率的问题。什么是幸福递减率呢？就是随着物质生活的改善，投入的资金越多，幸福感反而降低。这在经济学中，被称做"边际效应递减"。幸福是什么？仁者见仁、智者见智，在我看幸福就是身体无痛苦、精神无困扰。而人们常说的金钱并不能与这两点画等号。

因此，作为企业，必须使员工有一个良好的干事创业的氛围和广阔的发展远景，否则，不足以吸引最优秀的人才。一般而言，物质待遇可以吸引人才，但无法吸引最优秀的人才。因为人才有了一个"最"字，就上了一个档次，其需求就不单单停留在物质层面，而包括精神层面了。作为领导者，如果不能为团队描绘美好的愿景，指出明确的方向，则组织必然涣散。2000 年 11 月国航新领导班子接手后，在巨额亏损的压力下，根据企业经营的实际情况，提出"以安全为前提，以改革为动力，以经济效益为中心，以联合重组为契机，以加强飞行员队伍建设为重点，全面加强企业管理，大力加强思想政治建设，切实推动'凝聚力工程'，加快转换经营机制，加强战略研究"的总体工作思路。结果，翌年国航即扭亏为盈，企业各项经营管理活动也步入正轨，发展势头良好，这从根本上稳固了人心。记得当时有一名机长告诉我，有一个公司想高薪聘用他，我问他为什么不走，他说："我感到国航现在像大海，大海里的鱼是不会游向小河的。"

> 我感到国航现在像大海，大海里的鱼是不会游向小河的。

近年来，国航管理层抓住经营活动的本质，通过一系列措施打造了国航降本增效的一流水准。目前，国航客公里成本是 5.1 美分，世界领先航空公司如国泰航空是 5.9 美分，新加坡航空公司则是 6.9 美分，国航低成本竞争的优势已经非常明显。最重要的是，我们在运营中逐步完成了战略布局的安排，理清了经营思路。国航不但成功上市，而且在国内逐步形成了强大的航线网络，在国际上也通过"两星计划"（与香港国泰航空整合的"星辰计划"和加入国际"星空联盟"）拓展了发展空间，呈现出前所未有的新局面。

在这种情况下，国航干部、员工队伍也空前团结。近年来，外航加快了进入中国市场的步伐，许多外航对国航素质优良的干部、员工队伍开出优厚待遇，有的甚至年薪达百万元之巨，但面对诱惑，国航干部、员工大都谢绝，愿意留下来与国航共同发展。截至今日，国航高层管理人员也未有一人流失。

国航以事业留人，以发展留人，更以感情留人。马克思说过，人的本质是一切社会关系的总和。只要是思维正常的人，无不希望生活在友好、和谐、温暖的环境中。我们正是从关爱员工生活和"人事工作人性化"以及畅通上下交流渠道来温暖干部、员工的心，创造拴心留人的环境。

在过去，执飞外场，尤其是在国外过夜的航班，空乘人员的吃住条件一直不够理想，甚至自己带饭，这影响到了他们的体力恢复和情绪稳定。从 2003 年起，国航专门增加预算 2 200 多万元，改善驻外条件，对一线人员实行食宿全部免费。这一举措让大家直接感受到了来自公司的关怀。

国航领导层与一线员工之间还建立起畅通的信息渠道。一次，在美国的阿拉斯加，一位国航的飞行员在湖边散步时被熊咬伤，国航领导层第一时间就从该航班机长处知道了这个信息，并马上转告飞行总队和医疗部门，嘱咐他们妥善处理此事。"领导怎么这么快就知道了消息？"人们对此感到惊讶。但人们不知道，国航的 1 000 多位机长的手机、家庭住址和家庭电话，直接掌握在公司领导手里。这是一条直达的信息绿色通道，也正是这样的通道，密切了干群关系，夯实了国航最基础的生产力。

这些年来，每逢国航干部、管理层人员调动或职务变化，国航领导班子总是提前与之进行交流沟通，尽量听取本人意见，并给予照顾。有人说，"换人"是一个异常棘手的问题，还要尊重本人意见，岂不是自找麻烦？还有人说，岗位调整是组织上的事，听取本人意见，还不把干部惯坏了？但实际上，只要掌握适当的工作方法，充分相信干部的思想认知度，人事变动并不一定是麻烦重重，也不存在把干部惯坏的问题。当然，个人服从组织是基本的要求，但组织关心员工同样也是基本要求。过去我们过多地强调了前者而忽略了后者，今后应当辩证地处理二者的关系。《菜根谭》上说："用人不易刻，刻则思效者去；交友不易滥，滥则贡谀者来。"用人，确实不宜苛刻，苛刻了，会令人寒心，影响积极性的发挥，还会把人才气跑。这几年，公司调整干部，都事先听取本人意见，有时甚至尽量提供两个以上工作岗位供其选择，做到干部本人、相关领导和单位群众"三满意"。在几年来的重组改革中，国航和重组而来的西南航、中浙航虽然在管理体制上发生了较大变动，调整了数百名干部，但从未发生过一例上访事件。

# 第四章

# 品牌之道

## 🎵 引言：依托品质，塑造牌子

什么是企业品牌？其实，品牌就是企业的品质加牌子，是企业的内在品质通过外显牌子的反映。也就是说，"品质"是内容，"牌子"是形式。企业要打造品牌，首先必须打造企业的内在品质，否则就是本末倒置。

"品"和"牌"这两个要素间的关系，是哲学上两个重要范畴——"内容"和"形式"——的辩证关系。孙悟空七十二变，虽然令人眼花缭乱，但无论怎样变，内容和实质却是一回事。就品牌来说，其外在表现如商标、广告、CI设计等，尽管缤纷复杂，但根本上反映的都是一个产品乃至企业的品质。

21世纪企业的竞争，归根结底就是品牌、人才和文化的竞争。近年来，国航发展中的三件大事可以对品牌的重要性予以印证。2004年底，国航H股发行路演前，恰逢"中航油（新加坡）事件"和"创维事件"连续发生，国际资本市场对中国航空企业抱有异常谨慎的态度。在不利因素下，国航H股仍然成功地在香港、伦敦两地挂牌上市，融资规模折合人民币为102亿元，成为世界航空公司近20多年上市募集资金最多的公司。此后，国航成功加入"星空联盟"，实施了国航与国泰航空的股权互换。"星空联盟"是世界上最大的航空联盟，国泰航空是世界知名航空公司之一，国航能与它们顺利达成合作协议，可以说是中国经济的发展前景、国航实力与品牌优势的提升等综合因素的必然结果。目前，国航70%以上的旅客为公务、商务旅客，是众多政府机构及公司商务客户首选的航空公司。品牌，正在成为国航竞争的利器，为国航今后进一步的发展打下了基础。

## 使命感催生品牌建设

国航真正实施品牌战略已有数年时间。在实践中，国航对品牌的认识也有一个不断提升和深化的过程，并逐步由重形式向精心打造国航内在品质的方向而努力。现在，由红色"凤凰"、邓小平书写的"中国国际航空公司"和英文"AIR CHINA"组成的企业标志，代表了国航的品牌形象，已成为国航重要的无形资产。《山海经》中记述：凤凰出于东方君子之国，飞跃巍峨的昆仑山，翱翔于四海之外，飞到哪里就给哪里带来吉祥和安宁。因此，我们希望国航旅客每当看到"凤凰"，就能够想到国航"安全、一流、温馨、吉祥"的服务，认同国航文化"集美聚善，引领群伦"的丰富内涵。"凤凰"传播着国航的品牌形象，也让国航的旅客引以为豪。

品牌建设仅仅有一个艺术化的标志是不够的。品牌生命力在于企业的长期实践，尤其是像国航这样的大型骨干企业，更应该有做国际化品牌企业的使命感与责任感。在完成日常航空客货运输业务的同时，国航一直承担着党和国家领导人出访的专机任务，同时也承担外国首脑来访期间的专、包机任务，在承担特殊任务和维护国家形象方面担负着重要使命。这对丰富国航品牌的内涵与外延都起到了极大的激励作用。

　　长期以来,我们一直通过各种方式,不断强化国航人这种崇高的使命感与责任感,使之成为高标准地做好各项工作的精神动力。在维护国家形象方面,国航发挥了窗口单位的作用;在服务改革开放大局、促进对外经济文化交流方面,国航发挥了重要的桥梁作用;在保证安全、促进行业发展方面,国航起到了骨干作用。在服务国家改革开放和国民经济发展的同时,国航也得到了快速发展,近几年来,国航年均复合指数以16%~18%的速度增长,利润年均以倍数增长,已跻身于国际知名航空公司之列。

　　这些年来,国航对品牌建设有了更高层次的认识和实践。今后10年,国航将面临成为国际化知名品牌企业的机遇。因此,以2002年民航运输企业的联合重组为契机,我们十分重视新国航的品牌建设,并取得了较好的效果。目前,国航已经确立了在国内民航业中的品牌竞争优势,奠定了行业领先者的地位。

　　据世界专业机构评估,目前国航综合实力已经跻身国际航空运输协会265家航空公司的前14位,并进入了世界品牌500强之列,而中国目前仅有12家企业进入此行列。到2010年,国航将发展成为能与世界主流航空公司匹敌的、被主流旅客认可的主要航空公司之一,运输总周转量将接近200亿吨公里,进入世界航空公司前10位。按照这样的战略发展目标,品牌建设与品牌战略仍然是国航今后优先考虑的战略内容之一。

## 不容忽视的旅客心声

如果把品牌比作一座冰山，那么，人们看到的不过是品牌经过定位和整合传播之后显形的冰山顶端罢了。品牌的许多核心原动力都隐藏在冰山之下。作为企业管理者，如果仅仅把目光和思维停留在冰山的顶端，就容易在视线朦胧的情况下撞上隐藏在水下的冰山部分，酿成悲剧。

对于作为服务型企业的航空公司来说，旅客和货主对航空公司的品牌主要是通过其服务感知的。服务质量是航空公司品牌和生存发展的根本。

然而，由于航空服务具有即时性和面对面的特性，因而难以掌控。为此，国航管理团队时时警示自己，要引领全体员工，从更深的层次、更宽的视野认识服务的内涵和外延。

塑造企业的服务品牌，更要善纳旅客心声。一位记者朋友的来信，就曾开启国航全面关注服务质量、实施"优质服务年"工作的序幕。

此信的内容是这样的。


李董事长：

作为连续多年的国航银卡会员，可以想见我对国航是多么的忠诚和期待；同样，作为国家象征的航空公司，特别是北京 2008 奥运会的合作伙伴，国航的形象和美誉度又是多么让人尊敬和羡慕。但是，2007 年 1 月 7 日这一天，国航的服务及其员工素质，使多年国航在我心中积累的良好形象大打折扣，甚为担忧。

　　事情经过是：两天前，我通过4008101999订了7日下午17：50北京到重庆（CA4142）和9日重庆到北京（CA4141）的往返票。下午16：30，我来到机场的国航售票窗口打印机票，不看机票则已，一看，顿感莫名其妙，我的"徐"姓被改为"许"了。要知道，这是我第三次在这里订票，前两次都没错，为什么这次就错了呢！

　　错了，没关系，改了就行。当即，我和气地将此情况告诉售票员。让我没想到的是，售票员僵硬地回答道："这个改不了，你在哪里订的票就到哪里改。"我告诉他，"我就在你们国航订票处订的票，并告诉订票的电话号码，是你们自己的售票处，你们内部咨询一下不行吗？"我的本意是，内部问题能自己协调解决的就自己解决，何必要折腾旅客呢。但是得到的还是硬邦邦的话："不行，我们咨询不了。"

　　没办法，我只好打订票处的电话，得到的回答是5分钟后给答复。5分钟过去了，15分钟过去了，一直没动静，我只好来到国航的值班柜台，一边向值班主任反映，一边请他和400联系。"67"号服务员告诉我正在处理，马上告诉我结果。这个"马上"，一等又是十多分钟。眼看就要关闭换票窗了，主任一边和售票处联系，一边宽慰我。5：20，售票处终于来电话了，但结果是"折扣票不能改"。

　　"折扣票不能改"，这是哪家的规定？而这又是谁造成的错呢？面对无奈的值班主任，我欲说无语。

　　人不可能不犯错误，一次错误也许不能代表全部，但作为北京2008奥运会的合作伙伴，犯这样的错太让人心痛，太让人担忧了。因为，这次简单的错误，至少暴露出你们三个方面的大问题：一是职工没有国航集体荣誉感，拿国航多年来积累的声誉和品牌当儿戏，所谓一件事、一个人毁了一个单位、一个品牌，就是这样来的；二是没有团队和团队协作精神，各自为政，各唱各的调，互相之间不是补台，而是拆台；三是员工业务素质太差，质量管理环节漏洞太多，像我这样第三次订票的老顾客，错成这个样子，业务素质哪去了，负责监督质量的人哪去了？

国航，2008 越来越近，你们拿什么服务奥运？又拿什么为国争光？服务质量、打造品牌、为国争光不是嘴上说说就能做到的，也不是花钱就能买到的，更不是凭着一时热情就能做到的。

国航，你们这种作风，这个态度，为你汗颜！为你担忧！

旅客的投诉，反映的虽然是具体的服务问题，但其根子在管理，关键是要强化全员的服务意识、提高业务素质和能力。为此我在要求集团内刊《中国航空》报全文刊登这封信的同时，写下了一封致国航全体员工的公开信。

《中国航空》编辑部：

转去一位旅客投诉信，望全文照登。

我们经常讲要提高一线员工的执行力，就是要提高一线员工解决问题的能力。

一线员工是国航真正的"脸面"，他（她）们每天展现在旅客面前的面孔都代表着国航的"脸面"，国航的品牌就是通过这样一张张面孔确立起来的。中国人特讲"脸面"，我们如何才能使国航人的"脸面"更亮丽？

希望《中国航空》刊登这篇批评信，以期引起讨论，改进工作，从而使国航以更好的"脸面"展现在世人面前。同时建议《中国航空》开出专版，每期都登出批评信和表扬信，两相对照（过去只登表扬信，不登批评信，只报喜，不报忧，不好）。

提高一线员工的执行力关键在各级领导，要通过教育、培训、激励、约束等综合途径进行。其中，关键要使国航每一个员工都要树立起强烈的主人翁意识和首先责任人意识。首先责任人意识就是谁首先遇到客户提出的问题，谁就是解决此问题的首先责任人，能解决的要当即解决，需要协调有关方面解决的要主动协调有关方面解决，不要让客户再跑腿、费口舌。

今年，国资委在中央企业开展服务质量年活动，国航作为我国惟一载国旗的航空公司，又是服务行业的"窗口"单位，应在这项活动中走在前列。

向你们致以新春的问候，并通过你们向公司全体员工拜年！

两封信激起千层浪，吸引了国航各部门、各区域员工的纷纷关注，并随即普遍开展了以反思服务缺陷、提升服务品质为内容的专项活动。半年以后，国航的服务水平有了大幅的提升，旅客投诉率明显下降，满意度提高了4.2%，航班正点率提高了8.5%。

## "四心"服务：国航品牌的原动力

实际上，在过去相当一段时间里，包括民航企业在内，一些服务单位把服务质量简单理解为服务态度，又把服务态度简单理解为微笑，这是浅薄而又片面的。实际上，微笑服务只是形式，并不能反映服务的本质，更不是服务的全部内容。服务是一个系统工程，需要我们做好方方面面的工作。

2002年，国航在全面研究旅客和货主对航空运输服务的需求的基础上，提出了"放心、顺心、舒心、动心"服务工程。"四心"工程既反映了旅客和货主的需求，也体现了航空运输服务的整体内容。

"放心"就是要让旅客、货主感到国航的安全有保证，旅途无担忧；使旅客、货主感到，一旦选择了国航就选择了踏实、轻松。国航以"安全第一、旅客至上"的观念，视安全为服务的第一要旨，打消旅客和货主的一切担心。

"顺心"就是要保证航班正点和整个服务流程的顺畅，使旅客、货主的服务需求顺利如愿。体现在国航服务工作中，就是使每一个环节间的服务链条通畅、无间隙，能使旅客、货主获得"顺利"的心理满足。

"舒心"就是使旅客、货主感受到国航的服务是舒适和惬意的。体现在硬件上就是要为旅客、货主提供舒适的条件，包括座椅的舒适度、音像杂志的赏心悦目度和餐饮的可口度等；体现在软件上则是要为旅客、货主营造出一种舒畅、愉快、和谐的感觉。

"动心"则是要满足旅客、货主合理的个性化需求，为旅客提供的个性化服务达到令其动心的效果，使其对国航的服务由衷地产生一种感动的情感，这是服务的最高境界。

"四心"服务工程既是国航服务的内容，又是国航的服务目标；既是服务工作的起点，又贯穿服务的全过程。"四心"要求国航在不断满足旅客、货主现实需求的同时，关注他们的潜在需求，努力成为比旅客更了解旅客、比货主更了解货主的航空公司。

一个航空公司服务理念的提出，除了反映旅客的需求之外，还要涵盖公司各个岗位的职能，也就是要人人有份。例如，"安全"涉及了公司的飞行、机务、签派、运控、保卫等各职能岗位；"舒适"涉及了公司的飞机选型、采购、配餐、媒体、综合保障等职能部门；"顺畅"涉及销售、航站、运力调配、维修、地面服务、航班编排等多个环节；个性化"动心"服务则需要公司各方、各部门的联动。总之，"四心"服务把全国航各个岗位串了起来，它要求国航每个岗位、每名员工都要有落实"四心"服务的水平和能力。

分析表明，在各类航空旅客投诉中，反响最多的就是航班延误后引起的群体投诉。然而，造成航班延误的原因都有哪些呢？民航总局统计为21个因素，其中，因天气原因导致延误的仅占延误航班总量的15.8%，流量控制原因占24.1%，机务原因占8%，机场原因、联检原因、航行保障原因等则占到了32%。

如数据显示，航班误点有相当部分是由航空公司自身造成的，对这些因素，国航进行了逐一排查，尽可能地将航班延误的出现和影响降到最低。

国航由北京到汉城的CA123航班，曾是延误问题较为严重的航线，几乎每班都延误 30 分钟以上。然而，国航运行控制部门发现，随后起飞的韩亚航空的航班则很正常，他们通过细致的调研，最终发现了国航运行保障部门存在的一系列工作疏漏。

原来，旅客所持的登机牌上并没有标明航班起飞时间。我们知道，旅客通过隔离区的安检后，就可以不用机票，只需持登机牌就可以上飞机了，但登机牌上不写明起飞时间，这使得旅客往往忽略时间，延误登机。

值机柜台关闭太晚。按规定，航班起飞前 30 分钟，办理旅客登记手续的柜台就该关闭，但是该航班往往起飞前 15 分钟才关闭柜台，如果旅客此时登机，航班无论如何是无法按时起飞的。

检验手续繁琐，机场安检、边防通道拥挤。细心的工作人员发现，一个旅客从抵机场开始直到登机，出示机票或登记牌竟达 7 次之多。特别是在早、中、晚餐前后的三个时间段，多个航班的旅客拥挤到一块，通行时间通常长达 30 分钟到 1 小时。

乘务人员与地面沟通不足，突发事件容易被延误。例如，如果乘务人员不主动找机场人员了解情况，很容易出现旅客人数超出预计、机上配餐不足的情况，这时再通知食品公司，也极易造成延误。

......

在航班晚点已成为国内民航业的痼疾之时，国航却没有放松管制要求。针对北京到汉城航线这样的延误问题，国航采取从各"生产链"环节系统解决问题的办法，开展由各部门联动参与的专项治理工程。我们提出的目标是，国航航班因自身原因晚点要降低到 10% 以下。为此，国航在设施配套、服务质量方面不吝投入，在国内民航业首屈一指。

国航专门建立了基地备机制度，通过运力备份降低因飞机故障造成的延误。一位国际航空业人士考察国航了解到这一情况后，不禁称赞："国航能够为航班正点做如此大的投入，在国际航空业都少见，令人钦佩！"而国航投入巨资建设的飞行监控系统，可以说更是实现航班在3 000公里内的随时通话，不但飞行情况能随时通报，而且这边飞机没落地，那边维修航材就准备好了，也有效缩短了机务维修时间，减少了航班延误的发生。

与此同时，国航地面服务部门针对不正常航班服务的难点，完善、细化了《不正常航班工作细则》，要求所有进出港航班的保障人员、车辆设备均于飞机落地前5分钟，赶赴指定机位待命；运行控制部门自行研究设计了航班生产数据分析软件，对航班正点进行统计分析，编写了《航班长时间延误控制程序》，对航班延误后快速恢复正常运行提供了保障；客舱服务部门制定了保证航班正点的奖惩措施，落实连飞、衔接航班和不正常航班信息的及时沟通，各项安全、正点规章制度落实到每个乘务长、每个航班、每个乘务员；维修管理部门则针对因飞机故障造成航班长时间延误，制定了《工程机务原因航班不正常分析及改进措施》。为使旅客感受到国航服务的周到与诚意，国航还专门制定了《航班延误补偿指导原则》，对短时间延误能及时做好解释、提供餐饮和信息服务，长时间延误合理安排食宿、交通、补偿、改签。

国航抓"放心"工程，靠的是实实在在的投入和常抓不懈的作风。近年来国航盈利水平逐年上升，公司把利润的最大投入放在了安全上，从安全制度建设、人员培训、安全设施完善和投入等方面，进行了一系列升级改造。

认识事物，就要努力探寻其发展规律。对于航空公司来说，抓好飞行、机务维修和运行签派这三支队伍的建设，飞行安全就有了基本的保证。这几年来，国航出台了《飞行员队伍全面建设纲要》，各单位下大力气系统解决影响飞行队伍发展中的一些问题。比如，建立飞行训练奖惩制度，对飞行员优胜劣汰；收入分配待遇向机长、飞行骨干、教员倾斜；2002 年重组后，国航还重新编制了安全运营手册，统一安全管理标准和数据，这成为国航强化安全管理的基础。

国航在安全工作上建立安全保障体系，是国航保证安全运营的物质基础。从交通安全系数来说，尽管航空是所有交通形式中最安全的，但航空事故所造成的经济损失和社会影响却是最大的。要抓安全、树品牌，就不能有任何侥幸、疏忽的心理。近年来，国航连续投资一百多亿元，建成了具有国际先进水平的合资企业——北京飞机维修工程有限公司，承担国航机队的维修维护任务，并具备了面向全球航空公司、覆盖几乎所有的波音和空客系列飞机的维修能力；投资十多亿元，建立了国际上一流的飞行训练中心和乘务训练中心，它们是目前国内民航训练设备等级最高、训练能力最强的飞行和乘务训练基地。国航还通过退租、转卖等方式，连续淘汰了 12 架老旧飞机。目前，国航机队机龄平均为 7.5 年，性能水平良好，在国际航空公司中也属"年轻行列"。

正如骑自行车在上车和下车时容易摔倒一样，飞行安全问题多发生在起飞和落地阶段。为强化机长在起飞、落地阶段的技术基础，国航又在天津专门建立起机长复训基地，在运力紧张的境况下，拨出两架波音飞机用于机长的起飞、落地技术培训。两架客机一年将近 4 个亿的营运收入，加上耗油、折旧，国航每年为此还要付出 1 个亿的成本，这在全球航空公司都是罕见的举措，但是带来的效益同样也是明显的。2006 年中国全民航的事故差错率是 0.0049%，国航仅为 0.0012%，而且现在国航机长的培养速度已经是复训基地建立前的两倍多。国航还投资 2.4 亿元引进了飞行品质监控系统，将国航每个航班起落、航行、仪表等飞行数据一一记录，并与飞行员考核、定级严格挂钩，机长回家后，第一件事就是打开电脑看评分，安全飞行的观念深入人心。这些新技术、新管理方法的运用，实现了国航安全管理由经验型向科学型的转变。

正是在盈利业绩的支撑下，国航才得以保障对服务设施的持续投入，才能够保障品牌建设的顺利推进。2005 年 5 月，国航为了提高在国际、国内干线的竞争力，进一步适应高端客户需求，拿出 6.88 亿元巨资，对机舱设施进行全新改造。完成了新两舱（头等舱、公务舱）改造的新机型率先在北京—纽约航线亮相。

这可以说是"舒心"工程的最大举措。国航的波音 747-400、空客 A340-300 等 15 架宽体远程飞机的头等舱、公务舱全面升级后，将拥有全球最先进的硬件设备，这改变了对国外航空公司的竞争态势。在"新两舱"中，仅一把头等舱的高级航空座椅就价值 60 万元，公务舱一把 40 万元，相当于宝马汽车的售价。头等舱座椅轻触按钮就可以完全放平，变成一张空中睡床；紧靠座椅的工作台摆放笔记本电脑绰绰有余；10.4 英寸液晶显示器将定期更新 60 部 DVD 影片、98 盘 CD 音乐，而机上 8 种游戏都实现了舱内联机；灯光系统的 18 种模式可营造出日出、日落、夜晚、黎明等不同场景……"舒心"工程在旅客心目中树立起高端、尊贵的品牌形象，同时也有效助推了国航国际化战略的实施。

让旅客"动心"，是服务的最高境界。"动心"给了旅客超出其预期需求的满足。一个让旅客"怦然心动"的航空公司，必然是一个市场前景光明灿烂的公司。

这里有一个关于两只"凤凰"的故事，很好地体现了国航"动心"服务的思想。

2003年，凤凰卫视主持人刘海若在英国出车祸，需要回国进行医疗。凤凰卫视联系了几家大的航空公司，都因为刘海若全身瘫痪而拒绝了她的登机。急切之间，凤凰卫视董事长刘长乐先生想到了另一只"凤凰"——国航。

虽然两家公司都以凤凰为标志，但在此之前，双方并没有太多的交往。接到传真，我当即指示国航有关部门，必须在11小时的飞行过程中保证符合刘海若安全、治疗的需要。为此，我们拆掉了部分座椅，把部分机舱改造成空中治疗室。最终，刘海若顺利搭乘国航班机返回北京接受了治疗。

一年之后，我与刘海若在国航航班再次相遇。当时，国航承担了从北京飞台北的春节包机，这是五十多年来第一次开通北京到台北的包机，我亲自带队。上了飞机以后，第一排的一位女士站起来向我鞠了一躬，我定睛一看，正是刘海若。此时的她已经泪流满面。国航的服务品质让刘海若一直铭记于心，从而感动了她一生。而在这次事件后，国航也有了意外收获——凤凰卫视后来成了国航的集团客户。

服务是一种理念，而并非是一种形式。服务过程中首先要有爱心，才能有不断进步的动力源，才会有检验服务质量的基点。记得在国航提出"四心"服务的第二年，国航客舱服务部的一位领导同志告诉我说，一个航空公司超越了国航的"四心"服务，提出了"六心"服务的口号——"热心、虚心、耐心、诚心、用心、爱心"。我则笑着对她说："说了这么多'心'，并没有具体体现旅客的需求，也没有涵盖航空公司的运行内容，不必担心。"

> 只有永远专注于顾客的需求，哪怕最细微的需求，一个企业才会拥有最牢固的做强做大的根基。

在我读过的经营案例中，维珍航空的故事始终扎根在我的脑海中。1978 年夏天，维珍航空创始人布兰森前往维珍群岛度假。由于当地飞往波多黎各的所有航班取消，而机场候机室里挤满了进退两难的乘客，他便给租赁公司打了个电话，花 2000 美元租了架飞机去波多黎各，然后借块黑板，在上面写上"维珍航空：39 美元单程飞往波多黎各"。布兰森在机场候机室转了几圈就让租来的飞机满员了。而凭借不断创新以及对旅客需求无微不至的经营思想，如此完成"处女航"的维珍航空已发展成为英国第二大远程国际航空公司。这个故事清晰地告诉我们，经营永续，创新不止，而只有永远专注于顾客的需求，哪怕最细微的需求，一个企业才会拥有最牢固的做强做大的根基。

从某种意义上说，"四心"服务是国航对服务工作的一种规律性认识。在国航建设"四心"服务的过程中，我们不仅谈规律、谈理念，而且注重激发一线员工的积极性、主动性和创造性，许多创新型的举措在服务工作中不断涌现，这不仅让旅客，也让国航管理者为之"动心"。

这是一个由国航普通员工组成的家庭，为了改善日常工作中与旅客的沟通，专门写下一段文字。在这里，我将它引用出来，帮助大家从中体会国航员工为服务做出的不懈努力。

我们是国航的一个普通的双飞家庭。在夏季到来之前，我们希望您对我们的工作有一个了解。

尊敬的旅客们，能为您服务我们深感荣幸。感谢您出行选择了航空——这种最安全的出行方式。我们行业现在的安全水平相当于您以每天乘坐一次北京至上海的航班，连续一万年保障您的安全。而为了保障这样的安全水平，我们除了需要有精湛的飞行技术外，更要有科学而严谨的态度。

夏天就要到来了，在这一年中最繁忙的季节里，我们又要闹一些小误会了。夏天由于雷雨天气而耽误您的行程，相信是时有发生而又可以被您理解的。但是令您费解的往往是：有时明明天气都变好了，为什么飞机还是迟迟不能起飞呢？这个事情让我们来为您解释一下。

举个简单的例子：比如您坐飞机从北京到上海，现在有一块雷雨正向北京吹来。由于它影响了一些航班的正常航路，所以机场就不得不加大飞机的起降间隔以保证飞行安全，这就像在满负荷的高速公路上临时封闭了一条车道。像北京这样繁忙的大机场，每天有一千余架飞机起降，高峰时每50秒就有一架飞机起降。加大起降间隔意味着地面的飞机立刻会变得拥挤起来，飞机的起飞时间都要向后推延，所以很可能就要延误几十分钟的时间。

如果您的运气再差一点，在雷雨到来之前还没有起飞，您恐怕就要再多等上一段时间了。当雷雨覆盖机场时，狂风、暴雨使机场暂时关闭，地面上数十架飞机不能起飞，空中也有大致相同的飞机不能落地，或返航或备降到其他机场。1小时后，天气变好了，大量的飞机从四面八方飞向机场，机场又面临过于拥挤，地面的停机位也无法满足……所以也许只是持续1小时的坏天气，却可能会耽误您四五个小时的时间。如果目的地机场天气不好，您的飞机去备降其他机场的话，耽误您的时间也许还要更长一些。这就像在上下班高峰时间遇到堵车，光着急是不能解决问题的。

我们是一个以尊重科学为基础而建立起来的行业。我们所接触到的是人类最尖端的技术，您所看到的任何一架波音、空客的飞机至少也要3亿元人民币以上，部分飞机更是价值10亿以上。但它们跟您比起来根本不值一提，你们才是我们最宝贵的财产。您坐上了我们的飞机，我们感谢您对我们的信任。我们知道自己肩负的责任，我们要对您和您的家人负责。哪怕只有万分之一的危险我们也不能有侥幸心理，希望我们的所作所为能够得到您的理解。

一些经常乘坐我们飞机的旅客都知道我们的工作是很辛苦的，在把您送到目的地之后，后面可能还有好几个航线在等待我们去飞行。而我们最痛苦的事情就是在飞机延误后还不能得到您的理解。

看了上面这些后，您已经成为一个对我们的工作有相当了解的有经验的旅客了。在您今后的旅途中，如果遇上了这种情况，相信您一定可以保持您的好心情，拿起报纸，戴上耳机，从微笑的乘务员手中接过一杯香浓的咖啡，或与邻座的旅客愉快地聊聊天。您有什么需要，就让乘务员转告我们，我们一定会尽最大的努力帮助您。您上了我们的飞机，您就放心好了，剩下的事情就交给我们吧。当您步出机舱，面对亲人的微笑时，代我们向您的家人问个好。

一个企业，也许技术、设备、具体管理举措都能模仿，唯独文化很难模仿、移植。它正是一个企业核心竞争力的体现。就像别人提出"六心"服务的例子一样，经常有人问我，国航的经验、做法怕不怕别人借鉴、移植？我坦言以对："你怕别人抄你的作业吗？抄袭容易，学到很难。为什么？因为文化的塑造和完善是一个长期的、系统的工程，不仅仅是喊喊口号而已。"

2005 年 12 月的一天，我乘国航航班从上海回北京，空中管制使航班延误了二十多分钟，乘务员已通过广播说明了航班延误原因。但是跟我坐在一起的一名头等舱旅客，开始对乘务员大骂：你们国航的领导见了上级领导就像一条狗！你们国航要想航班正点，除非国航的领导全死了！我们的乘务员含泪看着我，我示意不要透露我的身份。然后，我拍着那位旅客的手说：先生你不知道，国航的领导见了普通旅客才像狗一样，骂了都不回声！那名旅客说："是吗？"之后他不再骂骂咧咧。那天，那位旅客自始至终不知道我的身份。下飞机时，乘务员含泪向我道歉，说她们的工作没做好，让我受委屈了。我安慰她，你们处理得很好！干航空公司就要受得了委屈，我能受委屈，你们也要受得了委屈。

现在，国航的"四心"服务已深入人心，包括像我这样的高管人员也是这样。记得，有一次出差，看到一位旅客提了三个包，我上去帮他提，他认出了我，他说：李总，我哪好意思让你帮助提包？我半开玩笑说：从事航空运输服务，已养成了职业习惯，看到包就想提！就像餐厅服务员一样，看到盘子就想端！

## 企业文化是品牌的根本

企业的文化是企业品牌最根本的品质，但文化建设是一个长期的、不断实践的过程。服务质量是航空公司在激烈的市场竞争中生存和发展的根本，但让那些被外界称作"天之骄子"的空姐、飞行员们放下身段当一名忠诚的服务员，是很难接受的。在很长的时间里，"一切以满足顾客需求为出发点"在部分员工眼中仍只是一句口号，服务工作则是"摁下葫芦起了瓢"，违背国航服务理念的事件和旅客投诉仍时有发生。

要彻底解决这一问题，确立和保持国航长久美好的品牌形象，就必须改变员工的理念，不断塑造国航全新的文化品质。

企业文化是什么？凡是文化，都是心灵中的东西，心灵中的东西不能"打造"，只能靠企业自己培育。现在，有些人搞几条大标语口号就当成企业文化，还有的企业专门请了"大师"来给自己企业做文化。国航当年也碰到过这种情形。4年前，国航规划自己的企业文化时，就有一个当时著名的企业文化大师，说他已经做出了国航的企业文化。我拿过方案一看，花里胡哨。于是便对他说："我到国航3年多了，开始当党委书记，后来当总裁，现在还不敢讲国航的企业文化，你一个晚上就把国航文化做出来了？那不是国航的文化，那是你的文化。"

企业文化是在解决企业发展中的问题和员工关注的问题中产生的，说到底，企业文化是要解决问题的，不解决问题的文化，不是真正的文化。

我曾经碰到一个企业家，他的企业还很小，他说管大企业和管小企业的基本区别在哪里？我说你上班后做什么？他说我每天都在批发票。我说，我明白了，大企业和小企业的区别就是它的总经理，小企业批发票，大企业建平台。建什么平台？建能发挥员工整体作用的平台，让每个员工都能把自己的潜力发挥出来。我告诉他，我到国航已经6年了，无论当书记还是当总裁，到现在没有批过一张发票，我不批发票！那着眼点、重心放在哪里呢？放在解决企业发展和员工关注的重大问题上，抓班子带队伍，提升员工素质，说到底是放在培育企业文化上。

任何一个企业在改革发展中，总会面对过去很多陈旧的"心智模式"对员工的束缚。所谓的"心智模式"，其实就是一个人或一个集体的思维方法、思考方式和思想观念，是一种隐藏很深的心理活动和思维活动。新的改革发展构想不能如期付诸实施，原因往往在于团体"心智模式"的影响和制约。

"心智模式"的作用，可以用下面一则小寓言故事来说明。

曾有两个人，一个是体弱的富翁，一个是健康的穷汉。两人互相羡慕着对方。一位手术专家发现了人脑交换方法，富翁于是提出与穷汉交换脑袋，代价则是自己全部的财产。

手术非常成功。穷汉变成了富翁，富翁成为穷汉。

不久，成为穷汉的富翁由于有了强健的体魄，又有着成功的意识，渐渐积累起了财富。可同时，他总是担忧着自己的健康，一点轻微不舒服便大惊小怪，久而久之，他又回到以前那种富有而体弱的状态中。

同时，那位新富翁总是忘不了自己是穷汉，由于缺乏投资的意识，不断地把钱浪费在无用之处，不久他的财产便挥霍一空。而由于他整日无忧无虑，换脑时带来的病竟不知不觉消失了。

最后，两个人都回到了原来的模样。

在国航的品牌建设和服务工作中，必须打破原有的思想禁锢，避免由于观念偏差而造成服务"换汤不换药"的状况出现。为此，国航管理层借调研、会议等各种机会，在国航内部反复宣讲服务的本质与内涵，以更高的层次、更宽的视野来转变国航员工的服务理念。

世界经济一体化、人类服务的全球化，说明人类已进入互相服务之中。我们每个人既是生产者又是消费者，每个人既是服务的主体又是服务的受体。可以说，服务的本质就是人们互相交换服务，为别人服务是为了换取别人的服务。就航空公司来说，航空运输服务的行为不是无偿的，旅客购买了航空公司的机票，就意味着购买了航空公司的服务，每个员工、每一家航空公司为了实现自己生存和发展的目的，都必须好好地为旅客服务。每个员工唯有如此看待航空运输服务，才能把服务质量作为自己的生存需要，同时增强社会责任感。

同时，航空运输的服务特点也要求每个员工、每一个企业要有很高的服务能力和水平。

航空公司的服务具有即时性特点。航空公司资金密集，它生产的服务"产品"不可储存,航空服务的过程实质就是"产品"生产的过程,也是即刻获得利润回报的过程。如果航空公司的服务能力和水平不高,意味着航空公司生产的"产品"即刻消失,意味着我们前期的高资金投入不能获得正向回报。

航空公司的服务具有面对面的特点。航空公司虽然技术密集,但它生产的"产品"却是以直接面对消费者的方式来实现的。这种"产品"的生产方式,对航空公司每一个从业人员的服务意识、服务能力和服务水平提出了特殊要求。航空公司出现的服务质量问题,都是面对面发生的问题。

航空公司的服务具有一次性的特点,这种一次性的特点,使航空服务中发生的问题难以弥补,在飞行安全上更是如此。

因此,为顾客提供"四心"服务,既是国航人的根本使命,也是每个员工赖以生存发展的根本。把这个道理时刻铭记在心,在面对许多问题时就豁然开朗了。

类似破除旧的"心智模式"的例子,在国航还有很多。前面讲述的盈利与安全的辩证关系问题,在国航也曾有不同认识。

在国航,人们一度不敢提以效益为中心,担心被人戴上"追求盈利、忽视安全"的帽子,在相当长的时间里,这种想法主导了国航的经营思想,也造成了国航历史上粗放式的经营管理模式。其实,安全与效益并不矛盾,二者是相辅相成的。安全是生产流程中的第一原则,它是盈利的基础。效益则是公司经营的目的。没有安全生产,无法实现盈利,而实现了盈利就能以更大的投入去提升安全。

"木桶效应"的原理告诉我们,一个单位的服务水平,不是由最

"长"的人决定的，而是由最"短"的人决定的。服务的薄弱环节常常反映在个别人身上。然而，在形象传播的问题上，好事与坏事的传播效果却是不对称的。企业文化建设，就是要把"短"变"长"，提高全体员工的素质，这对于树立国航良好的品牌形象无疑具有重要意义。

提高员工素质，重在为其树立科学的思维方式和思想方法。黑格尔说：人类世界是方法的世界。方法相当于过河的桥和船，但方法是有层次的和多元的，不同的事情有不同的处置方法。服务与被服务，本身就是一对矛盾。化解各种矛盾会因时间、地点、情况不同而不同。这是对服务人员准确的判断能力、正确的处置能力的综合检验。

我曾亲自化解过旅客与乘务人员发生的争执。那是一次国航由北京飞往巴黎的航班，一位旅客因飞机晚起飞了 25 分钟而责问乘务人员，而乘务人员则反复解释晚起飞是飞机晚到造成的。她越解释，那名旅客越生气。见此情况，我对那名乘务人员说："你不用再解释了，你现在要做的工作是告诉机长争取尽快起飞，并在航程中争取把延误的时间赶回来。"那名乘务人员立即拿起话筒把这两条告诉了机长，旅客的情绪马上缓解了。其实那名乘务人员不明白那位旅客当时需要的不是她的解释，而是机组需要采取的补救措施。

对于国航的经营服务工作，这个案例可以说明，大家不光要知道"条条大路通罗马"，还要清楚"通向罗马的路程有远也有近"，我们要努力追求化解矛盾的过程和最终达成效果的统一。俗话说，"人一上百，形形色色"。服务人员所面对的实际服务工作，远远比各种服务规章制度所规定的内容更丰富、更复杂。因此，提高落实"四心"服务的能力，关键是在任何情况下，都能敏捷地抓住旅客的需求，包括心理的需求。

## 盈利：品牌的后盾

作为企业，如果长期亏损，那么根本就谈不上品牌价值。虽然盈利数额不是品牌成功的惟一指标，但持续的赢利能力本身就是企业品牌的最重要内涵。

2005 年初，国航提出了"做主流旅客认可的航空公司、做中国最具价值的航空公司、做中国赢利能力最强的航空公司、做具有世界竞

> 把市场摸得透透的，把路子理得清清的，把成本降得小小的，把收益搞得大大的。

争力的航空公司"的目标，其中最关键的一条就是"做中国赢利能力最强的航空公司"，这对国航的经营能力提出了很高要求。什么是经营呢？我归结为四句话：把市场摸得透透的，把路子理得清清的，把成本降得小小的，把收益搞得大大的。围绕这四句话，几年来国航做了大量工作。比如，推进北京等机场的枢纽战略，做强网络、抓中转联程旅客市场，从航空公司大的成本源头进行梳理，抓经营方略的谋划，为长期的降本增效打基础等。从寻找盈利点开始，勾画盈利线，构建盈利面，打造盈利体。

当然，做企业的境界，近期要追求盈利的数量，但从长远看，根

本的并不是具体的盈利数字，而是企业的赢利能力和赢利品质。而企业的赢利能力和赢利品质是由多种因素构成的，其中关键要有正确的经营思想。这几年，我们坚持贯彻落实科学发展观，走内涵式发展道路，打牢安全基础，以效益为中心，以提高人的素质为根本，以企业的全面发展为方向。这些看似抽象的原则，在我们国航却是具体的。比如，这几年国航不再强调把企业做大，而是强调做优做强，包括买飞机、开辟航线等都突出"效益"二字，坚持先算账、再决策、后实施。

从盈利数字来看，国航 2005 年在全球排名第 9，如果在税赋（以香港国泰航空为例，国航税赋水平是它的 4 倍多）、油价等方面同口径计算，国航的盈利数字还要靠前。然而国航人也时刻在警示自己，戒骄戒躁，脚踏实地，坚持不懈地以提升赢利能力为根本来发展自己。

在企业的经营过程中，提出一个理念，宣讲几句口号，或许是件很容易的事情。但要提出正确的理念并贯彻到实践，使之成为企业经营活动的灵魂，进而融入全体员工的心灵，成为企业文化的重要内容，殊非易事，需要做出艰苦努力。

## 国际化品牌："中国之翼"的终极梦想

国航在品牌建设上的努力，已初见成效。在近几年关于品牌的重大评选中，国航频频赢得殊荣。如 2004 年当选"中国十大最具影响力的自主品牌知名企业"，同年还获"中国最受公众喜爱的十大民族品牌"奖。2005 年国航被英国《财经》杂志评为"中国十大民族品牌企业"之一，同年还获得了"中国公众航空服务传播年度指标品牌奖"。在英国《金融时报》与麦肯锡管理咨询公司组织的"中国十大世界性品牌"调查中，国航也入选了。2006 年，国航被世界品牌机构评为世界品牌 500 强之一，国内航空公司品牌第一名，品牌价值达 235 亿元。品牌这样一个看似无形的东西正在时时刻刻为国航创造着实实在在的价值。这几年，国航年均复合增长指数连续以超过 16% 的速度增长，利润年均以倍数增长，客座率连年以 3% ~ 5% 高于同行业，仅此一项为国航增加利润近 10 亿元人民币……

国航没有为此而满足，乘着 2008 年北京奥运会的东风，国航想飞得更高更远。

2007 年春节，一架绘有奥运福娃的国航飞机满载着台胞从首都机场腾空而起，直飞台北。成为 2008 年北京奥运会的合作伙伴，是国航打造国际品牌又一具有里程碑意义的事件，而中国在奥运史上曾经历的辉煌时刻，国航都有幸亲眼见证。

1984 年 7 月，新中国组建的第一支夏季奥运代表团乘坐国航的班机飞往洛杉矶。二十多年来，国航一次次把中国奥运健儿送往奥运赛场。

2001 年 7 月 13 日，北京申办 2008 年奥运会获得成功。7 月 14 日当晚，北京申奥代表团乘坐国航专机从莫斯科凯旋。飞机落地的一刻，机场上一片欢腾，国航的全体员工都为自己有幸为申奥英雄们服务而自豪！

2003 年 4 月，国航正式向北京奥组委递交了国航申请成为北京

2008 年奥运会航空客运合作伙伴的意向函。2004 年 8 月 4 日，凭借自己在安全、服务等领域的综合优势，国航从多家航空公司的竞争中脱颖而出，成为北京 2008 年奥运会航空客运独家合作伙伴，国航将为北京 2008 年奥运会、北京 2008 年残疾人奥运会、北京奥组委、中国奥委会等提供系统全面的航空客运服务。

随着 2008 年奥运会一天天的临近，国航备战奥运的氛围也越来越浓厚。从 2004 年 10 月开始，从飞机机内杂志、值机柜台、摆渡车到员工的胸牌、名片，国航单体凤凰徽标都已陆续换上与北京奥组委徽记相组合的标志。

2006 年 11 月 13 日，一架喷绘有奥运福娃的 B737-800 飞机在首都机场精彩亮相。福娃飞机设计风格简洁活泼，每侧的 5 个福娃五彩缤纷地在白色的机身上跃动，同时又与机身尾部红色的"北京 2008"字样及同样代表幸福吉祥的国航企业标志凤凰交相辉映，充分体现了国航品牌与奥运吉祥物形象的完美结合。随后，"奥运吉祥号"以传播奥运理念、分享奥运精神为主题在北京、上海等 10 个城市巡飞，"奥运吉祥号"客座率为 84%，高于各航线同期航班的平均客座率 9% 以上。

为了服务好北京奥运会，国航启动了奥运英语培训工程，同时开展了"我爱奥运演讲比赛"等活动。在"全国旅客话民航"活动中，国航获得"用户满意优质服务"金奖，成为国内主流旅客最认可的航空公司。

在硬件建设方面，国航的投入更是前所未有。国航每年以 20 架飞机和一百多名机长的速度递增。2007 年底，新建设的首都机场 3 号航站楼将投入运营，以北京为基地的国航所有国内国际航班，都将在首都机场 3 号航站楼内运营。建筑面积达 90 万平方米，拥有 6000 个停车位的 3 号航站楼将以优良的硬件设施满足服务奥运会的需要。

国航的奥运战略营销还包括"奥运套票"的推出，据预测，奥运期间来北京的旅客将达 260 万～270 万人次，其中国际旅客将占到 55 万以上。由于国航获得主办单位分配部分赛事门票的机会，国航将推出包括赛事门票、酒店住宿等服务的套票去吸引更多的旅客。

2006 年 5 月，国航成为国际三大航空联盟之一的"星空联盟"的"准会员"。2007 年国航将"转正"成为正式会员。国航正式加入后，"星空联盟"的二十多个成员航空公司可在全球 912 个城市为国航的乘客提供航空服务。这标志着国航在国际化上又迈出了重要一步。借助于 2008 年北京奥运会，国航这只美丽的凤凰会飞得更高更远。

第五章

# 管控之道

## 引言：只求合适，没有模式

市场经济如同汪洋大海，每个企业都是航行在其中的船只，要想达到胜利的彼岸，必须保持正确的航向，平稳行驶，规避各种风险，这就是企业管控。

说起企业管控，人们往往列出投资管控、战略管控、业务管控等不同模式。其实，企业管控没有模式，只有合适。何谓"模"？模具模型之谓也，凡事一成"模"，就固化了。而企业的发展，都是动态的，每个企业的发展环境不同，阶段不同，水平不同，管理方式也不尽相同，即便是那些创造了"六西格玛"等管控模式的企业也没有固守那些"模式"，而是适应企业的变化，不断地变换着管控手段。因此说，企业管控只求"合适"，没有模式。

## 管"心"才能管"身"

企业是员工、工具、经营对象结合的场所。其中，员工处于主导地位。因此，企业管控说到底是对人的管控，企业的业绩是由人创造的，企业的风险也多是由人的失误而发生的。人的行为是由思想支配的，对企业有效管控的制高点在于思想上的管控。一个企业要有统一的核心价值观，要有符合企业特性和运行规律的经营理念。有统一的核心价值观，才能最终形成企业的凝聚力。企业有正确的经营理念，才能形成企业正确的经营思路。理念实质上是企业经营管控的"根"，或者叫"魂"。这就是经常说的"理念决定思路，思路决定出路"。一个企业的理念，实际上是这个企业核心价值观的体现。经营理念正确与否，直接决定企业的经营战略和发展方向，从而也就决定着企业的成败走向。同理，思路是一个企业的工作"路线"，思路正确打胜仗，思路错误打败仗，没有思路打乱仗。因此，倡导和培育正确的经营理念，是有效管控企业的制高点。

倡导和培育正确的经营理念，关键要有科学的思维方式和思想方法，会从实际出发，把握住企业的特性和企业的运行规律，特别要分析一个企业的具体情况、具体特点，高屋建瓴地提出具体工作的指导思想。这种指导思想不是念念某些文件，不是套用某些词句，或照搬到处可看见的那些"学习、团结、创新、求实"一类口号，这类口号我们见得太多了，光喊这些口号是没有用的；而应把国家的法律法规与企业的具体情形相结合，针对企业经营上的问题和员工思想认识上的某些偏差，进行思想引导、思想培育，从而把大家的思想搞端正。这些年，我们在这方面下了大功夫。

正如前面提到，国航内部对安全与效益的关系争论比较多，不少人包括在公司的管理层，不敢理直气壮地提出公司的全部经营活动要以经营效益为中心的想法，害怕被人认为是只重效益、忽视安全。针对这种情况，我们旗帜鲜明地提出企业的经营与管控要以提升企业的赢利能力为核心的经营思想。并要求全体员工都要为此目标而努力。有人有不同意见，说"以赢利能力为核心不就是以经济效益为中心的翻版吗?"我们则回答说,"不是翻版,而是有过之而无不及。"经济效益为中心是指企业的日常经营活动,而赢利能力为核心则是企业全部活动追求的目标,赢利能力不仅包括了前者,而且高于前者。"那你把安全第一怎么摆?"这就需要我们纠正他们的思想偏差。

企业的功能是什么?企业与学校、军队一样,都是一种社会组织,不同的社会组织功能是不一样的。学校的功能是教学,就要讲求教学能力;军队的功能是打仗,就要讲求战斗力。企业的功能是创造国民财富,承载国民就业,担负科技创新。其中,创造国民财富是根本。企业是国民财富的直接创造者,而国民财富又直接表现为企业效益,最终的体现是企业的利润。很显然,一个企业如果没有国民财富的创造力,就不能产生相应的效益或利润,这个企业是无力承载国民就业的,最终只能导致破产、员工下岗,从而失去了科技创新的全部基础。这就是人们常说的:打败仗的军队容易亡,亏损的企业容易"黄"。

任何企业都是以盈利为目的。企业的根本功能在于直接创造国民财富。即便保安公司也是以盈利为目的,而不是以安全为目的,保一片天地平安,只是保安公司实现盈利目的的业务途径。

企业注意安全天经地义,但是"安全第一"与企业的赢利能力并不矛盾。"安全第一"是指航空公司在发展运营的各个环节一定要把安全放在第一位,这不但在航空公司,在任何企业的生产运营中都是被强调的,只不过由于航空公司的特殊性这一点更为突出罢了。总之,"安全第一"是过程,盈利是企业的目的,过程与目的并不对立,而是相辅相承。安全为盈利打下基础,盈利又保证了在安全上的必要投入,从而使安全更牢固。这样就从思想上理清安全与效益之间的争论,使员工既树立了打造企业赢利能力的思想，又进一步明确了坚持"安全第一"的着眼点，从而实现了公司安全与效益的良性互动。

与此同时，我们还联系公司自身发展上的经验教训，以做优做强主业的经营思想来管控企业。

1998 年～2000 年，原国航曾连续 3 年亏损，每年达 6 个多亿，公司负债率一度高达 95% 以上，其间公司还发生了在全国很有影响的违法案件。公司所发生的这些失控的问题，一个重要原因就是公司一度在原计划经济体制下，和其他企业一样追求"小而全，大而全"，实施"多元化"的战略，进行多项投资，结果使公司的管控幅度加宽，管控链条拉长，分散了主业经营的精力和财力。其他方面的投资要么收益甚微，要么血本无归，加之由此而来的资产清理和破产处置给公司带来了很大的麻烦。正像有人所形容的，"种了别人的地，荒了自家的田，结果别人的地也没种好"。

集团成立后，我们在企业管控上首先确立的经营思想和发展思路就是做自己最擅长的事情，集中精力把自己最有把握干的事情、自己最熟悉的事情做好。航空运输既是集团的主业，又是我们长期干的事情，因而我们就从突出主业、做优做强主业出发，集中人力、物力、财力在做精做强国航上下功夫，防止了可能出现的企业发展主导方向的失误，在全球航空业不太景气的环境下，收到了被别人誉为"国航一枝独秀"的发展效果。

在坚持做优做强主业的经营思想上，我们还正确处理了企业做优做强与做大的关系。集团组建之初，我们在内部一直提要把公司做大做强做优，而且把做大放在了第一位。经过细细研究思考，我们发现，在市场经济激烈竞争中常常不是大吃小，而是快吃慢、强吃弱、优吃劣。特别是近几年被称为世界航空巨头的美国几家大公司纷纷陷入了破产保护的境地，而香港国泰航空、新加坡航空仅有不到百架飞机的规模，却没有影响其作为世界知名航空公司的地位。这一事实启示我们，企业大有大的难处，企业不能一味做大，关键在于做优做强，只要有了优和强，将来才能称"大王"。因此，我们不再强调做大，只强调做优做强。这样，在公司人数规模上不跟别人比员工的多少，在机队规模上不跟别人比飞机的多少，在航线数量上不跟别人比占有的多少。坚持以赢利能力建设为核心，保持稳健的发展速度，科学谋划各项经营活动，不求占有的多（占有的多意味着成本大），但求消化得好（消化得好意味着资源利用率高），坚持走内涵式发展的道路，不走那种粗放经营、盲目扩张的路子，这有效地规避了市场和经营方面的风险。

坚持用正确的经营思想和经营思路管控企业，有时还要经得起诱惑，顶得住压力。企业一旦效益好，有了钱，往往容易自我膨胀，正所谓财大气粗。这时会产生多种投资的欲望，而各种引资的人和诱人的项目也会奔你而来（其实是奔钱而来），面对此景要保持头脑清醒，坚持正确的经营思想不动摇。在企业内部，一旦资金宽裕，各分公司、子公司也往往都想乘势而起，提出多种建议、方案，加速扩张。这时高层管理者又要顶住压力，坚守既定的思路，并有效地说服各方。

我们就曾遇到这种情况：集团公司成立不久，有一家从主业剥离出来的专业公司，北京的业务还没完全做好，各种关系还没完全理顺，该公司就急着打报告要到外地"铺摊子"；还有一家组建不久的公司，向集团打报告，一次要融资 15 亿元推进业务大发展。面对这种情况，我们反复说明集团不是对专业公司不支持，而是觉得各专业公司成立时间不长，对自己的业务还没达到擅长的程度，在专业经验上还需要一个积累的过程。特别是集团的主业刚有起色，还没做大做强做优，如果依托主业集团的其他成员企业急于发展，那么整个集团的风险就大了。后来的实践证明，这种管控是正确的。

企业面对内外新的发展环境，谋求新的竞争优势，有效地管控企业，既要坚持行之有效的经营思想，更要面对实际，着眼于解决公司发展中遇到的问题，在实践中不断总结、归纳、提炼新的经营思想。通过这一路径，这几年我们集团逐步形成了八条经营思想，即：坚持以提高赢利能力为核心，科学谋划各项经营活动；坚持做优做强主业，促进主辅协调发展；坚持国际国内并举，推进枢纽建设；坚持以联合促发展，以整合聚能力；坚持落实"四心"服务，提高公司品牌国际竞争力；坚持突出市场导向，全力增收节支；坚持抓班子带队伍、实施人才强企战略；坚持打牢发展基础，有效抗击各类风险。我们在实际工作中不断深化实践上述思想，使公司连年保持着健康发展的势头。

## 用全球化的眼光管理企业

世上没有完美无缺的事物，也没有完美无缺的企业。正如人体，没有大病便健康，有点小病无须慌。"大病"是什么？"大病"就是战略，或对企业有重大影响的事情。一个企业在战略上不发生重大偏差，在重大事项上不跌跟头，就能保持发展的大势，有点"小毛病"也好治理。

企业无论大小都有战略问题，只是由于规模、层次不同，所谋划的战略内容不同而已。战略听起来比较抽象，其实是可以具体把握的。那些事关企业全局、长远、基础的大事都属于战略的范畴。从战略上管控企业，也是有规律可循的。在经济全球化时代，在战略上管控企业，就要有全球化的眼光，这就要关注所处行业在全球的变化和发展趋势，趋势把握住了，主动权就多一些。观察行业在世界的发展变化趋势的关键是看欧美，特别是美国。美国是全球最有影响力的国家，美国的一举一动对全球都是有影响的。我曾对美国一位企业巨子说："当今世界发生的好事或坏事都有你们美国的份。"他说："我们美国有那样大的能量吗？"我说："在这个问题上你别谦虚，事实就是如此。"

我来举例说明一下，2006年世界石油价格一路走高，可是从8月下旬开始价格逐渐下降，10月31日石油价格从每桶最高点70多美元降至56美元。我在公司管理层大会上发问："大家知道为什么近一个多月来石油价格下降吗？"然后我说："原因在美国的参议院、众议院的中期选举，美国共和党更多地代表了大财团的利益，各大财团为使共和党在参、众议院选举中获得更多的支持，可能运用财力在油价上作了配合。大家注意，等11月7日美国中期选举结束后，国际油价还会上去的。这个时间是油料套期保值业务的好时机，要抓紧建仓。"事后证明，这一判断是准确的。二十多天后，世界石油价格又攀升到64.6美元/桶。这样观察问题，不但在世界油价波动中化解了风险，而且在世界石油低价位时果断套期，取得了可观的收益。

总之，战略是管大事的，管大事必须要有观察世界的大眼光。

从战略上管控企业还要研究国际同行业发展的经验教训，这样就知道应该坚持什么、否定什么、发展什么。世界上的事物既有共性，又有个性，要善于从对共性的观察与揣摩中把握个性。我们经常听到要利用后发优势赶超先进这句话，利用后发优势就在于研究发达国家某些行业发展的路径，避免他们已发生的失误，取捷径而追之。

比如，世界各航空公司在成立之初，由于飞机少、规模小，都采取点到点的经营方式，而发展到一定的规模，则需要建立运营枢纽，以枢纽作为连接点、集散点，才能发挥所形成的规模优势，产生放大效应。因而世界各大航空公司都建立了自己运营的枢纽，有的因规模超大，还建立了双枢纽、多枢纽，进而以枢纽为节点，编织出了庞大的运营网络，并进一步放大了聚合、扩散效应。中国的民用航空起步晚，各航空公司成立以来都采用点到点经营方式，国航也不例外。2001年初，我们开始认识到，国航的国际航线客座率之所以比外航低，是在于自己飞出国门之前没有自己的"根据地"，缺乏枢纽节点的支撑。

自那时起，公司确立了构建自己的北京运营枢纽的战略。经过几年的努力，国航在北京的市场份额由不足30%增长达到45%以上，从而初步形成了以北京为枢纽，国内支持国际、国际带动国内的格局。国航的国际、国内航班客座率大大提升，经营效果明显改善。

尝到了构建枢纽的甜头，我们进而又提出了内外并举的发展战略。过去，国航把自己定位于"国际性"公司，主要经营国际航线客货运输业务，国际、国内运力投入比例大体是7：3。从20世纪90年代后期开始，中国政府逐步推行对内"放松管制"、对外"天空开放"的航空运输市场政策，这对国内外航空市场格局产生了深刻影响。国航不合理的国内国际市场结构影响了自身的发展和综合竞争力的提升，进一步加剧了经营上的困难。

鉴于上述情况，加之通过对运价、航程、客座率等经营要素的分析，我们看出了国际航线座公里收益率低于国内座公里收益率。经营的基本原则应该是哪里有钱就往哪里去，谁的钱多就挣谁的钱。于是我们就在内外并举的战略指导下，果断调整国际国内运力投入的比例，在一段时间内重点加大国内投入。

这一举措曾遭到了非议。有兄弟航空公司的负责人向我提出："李总，你别忘了国航可是中国国际航空公司哟！"言外之意十分明白。我报以微笑："你的名称是某某省某某市航空公司，你们也没仅仅在某某省某某市上空转嘛！"搞经营不能在意别人说什么，而是明白自己该做什么，明白了就要坚定不移。

国航过去运力以国际为主，大飞机多，而现在加重国内，大飞机就不适合了，硬飞就会带来更大的亏损。为适应内外并举的需要，公司又加快了机队调整的步伐，经过几年的努力，公司的机队大小飞机的比例由6:4变为4:6，公司的国际国内运力投入也趋于均衡，比例大体保持在5:5，公司的座公里收益率得到了提升，有效地分散和抵御了市场经营风险。

从战略上管控企业，既要认真研究国际大势、研究行业发展历史的经验教训，更要注重研究自己，特别是找出自己眼前和潜在的重大缺陷，予以及时弥补和防范。比如，2002年原国航与西南航、中浙航客货航空运输业务合为一体之后，我们调查发现公司的航线结构存在着重大缺陷：重心不突出，干线不强，支线散乱。于是，我们从有利北京枢纽建设出发，加强干线，保重点支线，舍弃部分收益不高的支线，对现有航线进行统一整合。这一举措既加速了北京枢纽建设，使国航在中国 28 条收益最高的干线上的市场份额大幅提升，加厚了"肥"线的防护墙，有效地抵挡了近几年纷纷成立的新航空公司对干线的侵蚀，同时又规避了与这些新公司在一些支线上的竞争，公司可以把主要精力用在做好枢纽和干线上的事情上。

## 管控的核心是要控制风险

企业管控，管是着眼企业发展，控是着眼企业避险。在日常具体经营活动中是管中有控，控中有管。控，重在控住风险点。

风险，是指可能发生的重大事故或问题。风险是问题处于未发生的状态，一旦发生就不叫风险了，就称为事故或问题。一般说来，风险都是可控的。企业在生存

> 企业管控，管是着眼企业发展，控是着眼企业避险。在日常具体经营活动中是管中有控，控中有管。控，重在控住风险点。

发展中有许多风险，比如决策风险、投资风险、财务风险、安全风险等。诸多风险，归纳起来可以分成两大类，一类是经营风险，这主要表现在企业的中高层管理者的活动中；一类是运行中的风险，这主要

表现在中下层特别是一线员工的生产活动中。这两类风险的特点不同，防控的手段和路径也不尽相同，一般说来，前者主要通过严格的决策程序，科学决策、民主决策达到防控，后者则主要通过科学、严格的规章制度进行防控。由于不同企业的运营特点不同，有的需要着重在前者防控上下功夫，有的则需要着重在后者防控上下功夫。

航空运输业人员密集，资金密集，技术密集，且安全风险的压力大，被称为"好汉子不愿意干，赖汉子干不了"的行业。不愿意干是因为风险多，风险大；干不了是因为运营复杂，管控规律难把握。实际也的确如此。就拿航空公司生产运行中管控的重中之重——飞行安全来说吧，就有很多内在规律需要深刻认识和把握。

航空公司正常运营的主体在于飞行员队伍、机务维修队伍和运行签派队伍（主管指挥调度）。其中，飞行员队伍和机务维修队伍是航空公司生产的主力军和保证飞行安全的主力军，航空公司经常性管控的最关键主体在飞行员队伍，航空公司所发生的事情只要与飞行员或飞机相关，就是大事，就会造成不同程度的社会影响。如果认识不到这一点，工作就会陷入被动，管控就会"失重"。

飞行安全这一风险点历来是航空公司管控的重中之重，这除了在于飞行安全是旅客的最核心利益，社会关注度极高以外，还在于飞行安全的管控从时间上来说要时时刻刻：只有时时安全，才有天天安全；只有天天安全，才有月月安全；只有月月安全，才有年年安全。从人员上来说，涉及到人人，只有人人安全，才有全公司的安全。做领导工作的都知道，凡涉及到时时刻刻和人人的管控工作难度都是最大的，也是最需花费力气的。

据统计，全球发生的飞行事故，除不可抗拒的原因，都与飞行员处置有关。即使有的起因在机务或者飞机部件质量，飞行员若处置科学，也可化险为夷。因此，保证飞行安全，飞行员是关键之关键。为此，这些年国航主要领导（包括各分公司的主要领导）一直把公司管控的重点放在飞行员队伍建设上。通过大量的调查研究，国航在实践中逐渐形成了全面加强飞行员队伍建设的总体思路，出台了《飞行员队伍全面建设纲要》，并采取一系列举措，解决飞行员队伍建设中的具体问题。明确要求飞行员要做到"思想先进，技术过硬，作风优良，纪律严明，知识丰富，身心健康，胸怀宽广"。同时要求飞行队伍管理者要做到"思想会引路，日常会服务，矛盾能消解，关键能把住"。相关领导者还要掌握飞行机长的手机电话号码，及时了解飞行队伍的情况，及时解决相关问题。公司还进行了飞行员薪酬体制改革，健全了飞行员队伍奖励约束机制，调动了飞行员关心公司建设、参与公司建设的积极性，大大提高了飞行员队伍的整体素质。我们还采取类似方法，下功夫加强机务维修队伍和运行签派队伍的建设。其实，一个航空公司只要把飞行、机务、运行签派这三支队伍建设好了，飞行安全就拿到了80分。

2001年美国"9·11"事件以来，防止恐怖分子和其他坏人袭击航空器成为航空公司飞行安全管控的一项重要内容。为此，国航落实政府有关在飞机上配备空中警察队伍的举措，完善了"空防"工作措施，并培养选拔了300多名空中安全员加强空防工作。目前，国航共有空警和专兼职空中安全员1 028名。4年多来，这支队伍处理空中非法干扰事件600多起，发现并暗中控制有危险苗头的人员1 100多人次，并处置了十数起较为严重的事件。2003 年 2 月 2 日，在国航北京到福州的 CA1505 航班上，旅客黄跃欲劫机去台湾。他将易拉罐中的汽油点燃，但却被空警与安全员迅速制服，火势也被迅速地扑灭了。这次事件未造成任何人员伤亡和财产损失，受到社会的广泛赞誉。这条空中防线为国航的整体飞行安全又上了一道保险栓。

## 管控靠机制，手段要有力

企业的管控要有一套行之有效的机制和手段。机制其实就是机构加制度。为某管控目标，建立必要的机构，再配以严格的运行制度，这样管控目标才能最终"落地"。围绕这一思路，我们这几年注重健全公司管控机制，并不断改进管控手段。

我们集团总部是在 2002 年全国民航企业重组时新组建的。集团组建之初，根据国务院相关文件对集团的功能定位，集团总部当时把战略规划、资本运营和评价考核、督促监控作为基本点，提出了过渡性的管控方式和组织架构。其中，将集团管控确定为战略经营型。这个管控方式以集团战略规划、资源配置、适度介入主辅业经营、选配企业领导班子这几个方面为特征，保证了新组建集团的正常运行管理，有力地推动了主业一体化、辅业专业化经营和国航改制上市等工作。

2004 年 12 月，国航成功改制上市，集团内部的经营发展格局发生了深刻的变化。深入探讨集团的管控方式以及完善集团公司组织架构，一直是我们集团管理层认真研究、深入思考的重要问题。2006 年 2 月，我们出台了《中国航空集团公司企业管控若干规定》。规定共 17 条，进一步清晰了集团总部、各直属公司的功能定位，并对公司的发展战略、企业文化、人力资源、产权、投资、财务、绩效、安全、信息、内部审计等方面的管控内容，做出了明确的规定。这成为集团管控的总纲，并使集团的整体管控更为有序、有效。在此基础上，我们大力推进航空运输主业的组织转型。这是我们完善管控方式、加强管控能力建设的一项重要战略工程。长期以来，在计划经济体制下，我们原重组方各企业的组织架构基本上属于生产保障型模式，存在管理层次太多、资源管理分散，生产、信息等管理链条不能有效衔接等方面的问题。联合重组后，我们通过主辅分离、主业一体化整合，初步建立了新的业务管控方式，为国航进一步建立市场导向型运行模式打下了基础。

近年来，面对良好的发展势头，我们始终保持了清醒的头脑，因为再过几年，国航规模还要扩大一倍，必须创新组织和运营模式。为此，从 2005 年 3 月开始，我们启动了国航的组织转型。这次改革以组织机构重组为核心，以管理流程和业务流程再造为重点，以建立适应公司法人治理要求的内部管控机制为目的，涉及到公司战略、组织架构、管理和业务流程、人岗匹配、薪酬激励、绩效考核及企业文化等各个方面。这是对现有运营管理模式、员工观念行为、用人机制的重大变革，为国航在今后再次实现跨越式发展、持续保持竞争优势奠定了坚实的基础。

在联合重组后的主业一体化整合过程中，我们率先对国航市场营销部门实行垂直化管理，抓住了市场联合重组的先机。不久，我们又很快整合市场营销等相关业务部门，成立国航商务委员会，整合的效率和效益初步显现。国航这次组织转型，商务委员会是试点单位，而其中一项重要内容是整合国内外营销资源，在国内各大区、国外重点国家和地区成立区域营销中心。从2006年开始已在国外成立了欧洲地区总部，美国西部地区总部和日本地区总部。以欧洲为例，原来国航在法兰克福、罗马等地设有12个营业部，在慕尼黑、柏林分别设有两个航站，在伊斯坦布尔、布达佩斯等地设有10个销售代表处。2006年底，我们成立欧洲地区总部后，有效整合了国航在欧洲地区的营销资源，整体协同和销售联动效应很快得到了体现，2007年上半年销售收入增长了58%。这些举措提升了国航在欧洲地区的市场竞争力，为其他地区销售机构的整合显示出示范效应。

同样，我们整合采购资源，推进航材、大项物资集中采购，成立了国航集中采购部，与国航进出口贸易公司是一个机构，两块牌子。我们采取统一管理实施大项物资招标、采购等业务，从源头上降低了采购成本，使大项物资存货保持合理状态。另外，我们推进国航维修资源整合，提高了飞机维修的深度，减少了不合理的送修，效果也十分明显。更重要的是，这些举措进一步完善了公司的管控机制，有效防范了其中的风险。

在不断完善管控机制的同时，我们还注重不断完善管控手段。财务是企业健康运营的心脏。过去，这方面存在着资金分散管理、多头设立银行账户等现象，带来了一系列问题。集团组建后，我们认识到航空运输业现金流量巨大，结算关系复杂且相对滞后，资金的跑冒滴漏将会造成公司的巨大损失，甚至使公司资金短缺和资金链断裂，产生灾难性的后果。因此，对资金实行适时监控和集中管理，成为集团首先强力推进的管控手段之一。我们要求各直属公司的资金必须由公司总部集中管理、实行收支两条线。同时，明确集团总部对全集团财务实行统一管理。即：集团总部负责制定会计核算和财务管理制度；负责编制集团财务报告，审核、批准和调整各直属公司的年度财务预算，并监督预算执行情况；确定各直属公司的融资权限，审批各直属公司限额以上融资行为；制定各直属公司的各种费用开支标准；负责统一协调争取税务政策和行政收费政策的支持，组织集团范围内具有共性的税务筹划。我们还利用现代信息技术手段，建立了国航收益的管理系统，既保证了在合适的时间，以合适的价格卖给合适的旅客，确保企业收益的最大化，同时又杜绝了销售环节中人情关系等现象的发生。

绩效评价考核是我们集团管控的基础手段。在集团成立以来，我们不断完善绩效评价考核工作，坚持横向到边、纵向到底，初步形成了一个"压力层层传递，责任层层落实，激励层层连接"的经营责任体系。同时，集团业绩考核体系与各单位战略规划、财务预算、生产计划、航空安全管理等评价指标紧密衔接，突出以提高赢利能力为核心，针对不同业务领域，企业实施科学的分类考核办法，将业绩考核结果直接与干部调整、收入分配挂钩，形成了强有力的管控约束机制，有效地促进了集团的统一。另外，我们建立了内部审计制度，对集团有关投资企业经济活动和领导干部履行经济责任情况进行审计监督。坚持日常审计、专题审计和离任审计，指导和检查二级公司的内部审计工作。这些具体举措，进一步完善了集团的管控手段。

我们集团总部还建立了日常的经营信息报告和重大事项通报制度。除 8 家直属公司外，我们还把 17 家三级重点独立法人企业的经营动态列入管控范围，有效防范了可能产生的市场和经营风险。

## 从基础抓管控

记得我到内蒙古草原第一年的夏季，夏日里的草原如同一块巨大的花地毯，从脚边直通天际。我们刚入军营的新兵，闲时总爱在这巨大的"花地毯"上追逐打闹，有时还忍不住躺下来，比比看谁滚得快。然而一连数十天的烈日之后，花毯便消失了，大地仅剩下偶见的一点一点绿，这一点一点的绿便是被牧民称为沙葱的植物。一日，我好奇地想拔起一撮，嘿，怎么也拔不动，扒开浮沙一看，那根牢牢地抓着土壤。于是我写下一首小诗：

灼热烘干了无数不知名的小花，

你却用碧绿点缀着草原之夏，

在你身旁我扒着滚灼的沙粒把哲理寻求，

你启示我：生命坚强在于根系发达！

其实，在南方有一种名叫毛竹的植物，也有异地同功之术。这种毛竹出土像个牛角角，4 年多不见长，一直那样大。但是从第 5 年开始，一天便长出 70 多公分，40 天可长到 30 米高，从此"任尔东西南北风"，屹立不倒，何也？在于前 4 年多毛竹只生根。

俗话说，基础不牢，地动山摇；根基打牢，不怕人摇。企业管控要多在打基础上下功夫。打牢基础，首先要拒绝浮躁。企业管控整天面对的是具体事项，"实"的多，"虚"的少，这要求企业管理者要实实在在，少玩虚活。有的企业管理者喜欢游游转转，满足于迎来送往，抛头露面，很少会沉下去调查研究，掌握实情，解决实题，这是企业管控上的大忌。其实，一个企业的主要管理者，要把主要精力放在企业内部，内部的工作做好，外部的工作自然有人去做；内部的工作做不好，外部没有人能替你来做。这就需要神清气定，在打牢企业管控基础上多下功夫。其次要居安思危，多找薄弱点，不能"讲成绩一大套，讲缺点小冒号"。有句话叫做"失败是成功之母"，然而在现实生活中我们经常看到的却是"成功是失败之母"，不是吗？许多人士、许多企业都是在最"红"的时候倒下去了，真是"其兴也勃焉，其亡也忽焉"。在经济全球化的信息时代，面对日益复杂多变的世界政治、经济局势，企业似乎正在进入一个"危机高发期"。比尔·盖茨有言："微软离破产永远只有 180 天。"而近年来，在中国的企业界，中航油、创维等事件的接连发生证明：这些曾经有过高速成长的明星企业，在突如其来的危机面前，有的麻烦缠身，有的甚至倒闭，他们为现代经济社会企业潜伏的风险之害作了现实的注解。因此，防范和控制企业风险，要有很强的危机意识和忧患意识。

这几年，我们在国航一直强调：成绩只能说明过去，风险却危害未来；少讲成绩成绩多，多看问题问题少；多为后人打基础，少为后人留遗患等。为此，我们每年在年终总结工作之前，不是要各单位报成绩，而是让各单位专门先报问题，并区分出眼前的问题、长远的问题、潜在的问题，明确纠正的举措和责任人，之后集团机关会跟踪督办，这有效地避免了"大意失荆州"问题的发生。我们还要在化解消极因素上多下功夫。一个企业积极因素与消极因素总是伴生的，企业的管控在培植积极因素的同时，也要在消除消极因素上多下功夫。对消极因素要见微知著，处置

> 成绩只能说明过去，风险却危害未来；少讲成绩成绩多，多看问题问题少；多为后人打基础，少为后人留遗患。

果断，将其消灭在萌芽状态。2005年国航部分离退休员工因待遇问题，数百人曾想集合一起找领导"讨说法"，我们在得知情况后立即派出得力工作组，变群众的上访为领导的下访，在调查与沟通的基础上，系统出台了离退休人员待遇解决办法，平息了部分离退休人员的怨气。

化解消极因素，有时主要领导要多用心思，包括要亲历亲为。我曾用在军队连队当主官选公务员的事例说明这个问题。在军队，连长选拔公务员一般都喜欢挑选长相及表现均为上乘的士兵。而连队的问题多发生在后进士兵的身上。我当连队主官之后，一改那种做法，专选后进战士当公务员。这样，其日常生活多与连队领导在一起，对他们不但便于直接掌握与帮助，而且激发了后进士兵的上进心，进步相当快。这说明对消极因素采取积极的态度，反而能取得积极的效果。否则，只能使消极因素更消极。最后，企业管控功夫要多下在基层。企业管控的基础虽然有许多方面，比如有思想基础、组织基础、制度基础、设施基础等。但是，公司最基本的基础还是在基层，在生产一

线。俗话说："这经验那经验，关键加强第一线。"效益直接来源于第一线，问题也多出自第一线。航空公司加强第一线，关键在于抓好机长、乘务长、班组长队伍建设，为此国航颁布了《机长、乘务长工作要责》、《班组长工作守则》等规定，要求他们学习上要快人一步，业务上要高人一等，技能上要过人一面，素质上要胜人一筹。

公司管控打牢基层的基础有时需要加大力度，采取特殊措施才能收效。比如，航空公司稳健运营的基础在于飞行安全，飞行安全的重要基础在于飞行训练，飞行训练的关键在于飞机的起飞落地训练。因为在发生的飞行安全问题中，70%以上在起落阶段，其中70%以上又在落地时刻。故称为起落起落，关键在落，而这一切关键之关键又在机长。为打牢机长的起落技术基础，国航从2003年起从航班生产中抽出两架737飞机和相关人员组建了起落训练大队，专门进行飞行机长的起落训练，不提高起落技术不撒手，不胜任带队飞行不让走，否则取消机长资格。这一举措在中国民航企业中是没有的。这进一步提高了国航飞行安全的品质，把飞行安全建立在了更为可靠的基础之上。

## 国航风险管控：回答美国投资大师的考问

2007年1月，国内证券市场正如火如荼的时候，我在国航总部迎来了一位不寻常的客人——吉姆·罗杰斯，这是一位与巴菲特、索罗斯齐名的世界级投资大师。他抓住了所到过的116个国家的投资机会，创造出了3300%的利润奇迹。

这样一位具有传奇色彩的人物在经历了从斯德哥尔摩到北京十多个小时的飞行后，马不停蹄地又开始造访国航。吉姆·罗杰斯坦言相告："我持有大量的国航股票，已经买了六个多月了。我想看个究竟，再决定我是买进，还是卖出，或者什么都不做。"

此次访问国航，他的目的是，一问我的经历，二问国航油套期保值的操作情况，三看国航的基础设施和工作流程。这位鼎鼎大名的投资家，事先做足了功课。他一直在试图寻找国航可能存在的问题，甚至连我过去在空军的工作都一清二楚。参观国航后，他的回答令国航人欣慰，"我打算买进更多的国航股票。"

投资大师巴菲特有一句名言："投资企业而不是投资股票。"什么意思？股价的涨涨跌跌，有许多非理性和投机的成分，并不能完全真正、客观地反映企业的内在价值。真正成熟的投资人，所关注的是企业的价值，有无大的风险，或者进一步说，关注的是企业最根本的赢利能力。一个企业的成长，如果只是体现在业务规模扩张、资产增长、队伍和机构膨胀这些方面，那么其表面"繁荣"的景象有可能是受到投资人和市场的追捧的结果。但我们要知道，这实际是一个极其危险的信号，在我们现实经济生活中，有很多成功的人士、企业恰恰是在最红火的时候倒了下去，真是"眼看着盖大楼，眼看着楼塌了"。企业必须做到能够不断适应和驾驭市场环境，不断提升风险管控的能力。这是企业常青的基础，也正是投资者、股东方所最关注的。

国航自 2004 年海外上市以来，受到了境内外投资机构的长期青睐。花旗银行、高盛、美林证券等著名投资机构一直给予国航"推荐"、"买入"的评级，其重要的原因，并不在于国航的股价大幅飙升为他们带来了投资暴利，而在于国航在动荡变化的不利市场环境中，始终能够注重规避风险并保持良好的赢利能力，给投资者以持续的良好回报。给人以"惊喜"，不如给人以"踏实"，这是国航在经营中始终坚持的信条，也正是成熟的市场环境所倡导的投资文化。

另一方面，作为企业经营者还必须时刻警惕，在投资者处于非理性的情况下，要能坚持正确的经营方针和原则，避免出现短视行为。投资者的盲目乐观往往带来股价的非理性高估，有些经营管理者此时可能会出于自身利益，而盲目扩大经营规模，这对于企业的长期发展是极其有害的。

> 给人以"惊喜"，不如给人以"踏实"，这是国航在经营中始终坚持的信条，也正是成熟的市场环境所倡导的投资文化。

拿国内航空企业来说。2006 年以来，国内证券市场的繁荣带动了国航等航空股股价的持续走高，部分航空公司的市值甚至因此超过了国外先进航空公司的市值水平。在这种情况下，部分舆论开始盲目乐观，认为我国航空运输业由此具备了赶超欧美先进航空业的充分条件。这种认识，可以说就是被资本市场起伏跌宕的表象所蒙蔽。如果回归航空企业经营发展的本原，就可以清楚地看到，我国民航业虽然发展势头迅猛，但与民航发达国家相比，总体发展水平和质量还不高，在国际航空运输市场上的竞争力还比较弱，产业周期尚处于成长期的发展阶段。

总的来说，当前和今后的较长时期，我国民航主要面临着四对矛盾，一是市场需求旺盛与发展能力不足的矛盾；二是生产快速增长与相关基础不牢的矛盾；三是国际航空运输自由化与竞争力不强的矛盾；四是市场竞争激烈与科学监管能力不足的矛盾。而这些矛盾反映在航空公司方面，则表现为内涵做强与外延扩张的矛盾，即：一方面要练好内功，打造核心竞争力，增强赢利能力，把企业做强；另一方面要保持一定的发展速度，适度地扩大生产规模，在可控范围内把企业做大。如何正确处理"做强"与"做大"的关系，对于成长中的航空公司始终是一个巨大挑战，要在这两者之间找到一个平衡点，绝非易事，但如不能妥善处理好这一矛盾，将带来严重后果。

现在从盈利数字来看，国航 2005 年在全球排名第 9 位，如果去掉高税赋（以香港国泰航空为例，国航税赋水平是它的四倍）、高航油价格（国内每吨航油较国际价格高出约 1 000 元/吨，以国航每年 300 万吨左右的用量计算，多付出成本约 30 亿元）及其他因素（例如须交纳民航建设基金等），国航的盈利水平排名还可以靠前。随着国航赢利能力和在行业内地位的不断提升，国航也经历着一个优秀公司所经历的被贬低—被怀疑—被仿效的过程，而此时公司往往会忽视对自己的管控。对此，国航管理层做到了时刻警示自己，戒骄戒躁。

资本是一把双刃剑，如果没有高超的技巧和深厚的内力，贸然舞剑必伤自身。资本的手段又可以说是一把放大镜，它可以放大企业的优势，同时还可以放大企业的风险。作为企业经营者，需要认真处理管控企业风险与利用资本市场之间的关系，在与投资者之间形成通畅的信息沟通的基础上，实现关系的和谐与利益的双赢，避免给企业的风险管控带来负面影响。

# 第六章

# 资本之道

# 引言：产品—品牌—资本，企业经营的三级跳

我们仔细研究企业，就会发现：成功的企业大都经历了经营产品—经营品牌—经营资本三个阶段。企业的初始阶段，大都是从经营某种产品开始的，但如果一个企业仅仅满足于经营产品，不向经营品牌提升，它就会蜗居一隅，永远走不上发展壮大之路。经营品牌就是俗话说的创牌子。

经营品牌是以经营产品为基础的，产品物美价廉是企业品牌的"根"，而品牌则是在"根"的基础上由企业诚信、创新、服务、责任等品质而形成的企业的"名"，这种"名"又以企业的产品为载体进入千家万户，进而形成全社会对该企业的信任度、青睐度和美誉度。若达此境界，一个企业的品牌经营就成功了。成功的企业品牌则又使企业具有了较强的赢利能力和广阔的发展空间，从而形成了企业较高的投资价值。经营资本就是把这种企业较高的投资价值适时地推向资本市场，使企业品牌中潜在的附加值变成可见的真金白银，并通过溢价把企业多年在打造品牌上的投入和所费心血形成的企业价值变为现实回报。

道理很简单。对于一个品质优良的企业，单从产品上赚钱，通过积累来扩大规模是很慢的。企业的资产回报率总是有限的，假设它是20%，那么每年100元的投资也只能赚20元，而让企业规模翻一番就要等上数年时间。如果稀释20%的权益去融资，资本市场的市盈率是

20 倍，那么就可以一次融到 80 元，再加上原来的利润就是 100 元，当年就可实现翻番的目标。

但是，对于国航来说，融资并非上市的惟一目标。上市，还意味着国航按照现代企业制度的要求转换原有的体制机制，这对于刚刚经历联合重组的新国航来说，更具有特殊意义，它是对新国航一次脱胎换骨的改造，也是对中国民航改革成果的一次极好的检验。随着中国经济全球化水平的不断提高，加快培育有国际竞争力的大公司和企业集团已经成为国有企业乃至国民经济全局持续、健康发展的关键因素。国航作为"中国之翼"的代表之一，同样肩负着这一历史使命。我们希望通过国航上市，尽快转换经营机制，建立起适应市场经济要求的现代企业制度，同时也希冀国航能够借力资本市场，打造出与众不同的核心竞争力。

## 非典后，资本悄然登市

前面提到的那道数学题，相信会让每一个梦想"做大"自己的企业家怦然心动。对于资本密集的特征明显、资金需求巨大的民航业来说，资本市场具有莫大的吸引力。国航的领导班子曾经算过这样一笔账：1997 年，国内三大航空公司中的东方航空、南方航空实现上市，分别融资 28 亿元人民币和 65 亿元港币，资产负债率大幅降低至 75% 左右，而同期的国航资产负债率高达 95%。仅 2000 年一年，国航付出的利息等财务费用就高达 20 多亿元，在沉重的历史负担和高额债务的双重压力下，中航集团 2002 年组建之初，航空运输板块负债率达 90% 以上，且多为飞机债务，很难在重组中将债务剥离到集团公司。为了规避高负债带来的经营风险和改善公司的财务结构，国航理应乘 2002 年中国民航企业重组的东风，"三步并作两步走"，尽快进入资本市场，实现经营上的一跃。

正如进入任何有价值的场所都必须拥有入场券一样，资本市场不是想进就能进的。进入的最基本条件是上市企业必须要有连续三年盈利的经营业绩。2001 年和 2002 年原国航、西南航和中航合并后的报表业绩是盈利的，关键就在于 2003 年，但是 2003 年的一场非典疫情几乎摧毁了国航的上市梦。2003 年上半年因非典影响，国航亏损 19 亿多元。如果下半年疫情仍持续，国航的上市步伐至少要推迟三年。所幸的是，2003 年 6 月非典疫情被扼止。国航在非典过后开始积极抢占市场先机，仅下半年就一举盈利 20 多亿元，弥补了上半年的亏损，从而保住了连续三年盈利的业绩。此后，以新国航为主体的上市计划悄然启动。国内外两家著名的投资银行组成的承销团队也悄悄入驻国航，开始了国航上市的筹备工作。

如何才能又快又好地推进上市工作，让资本市场接纳国航？自上市工作小组成立之日起，国航管理层就为此开始了深入的思考。三大航联合重组备受国内外瞩目，所以国航首先要加快自己的重组速度，给投资人以信心；其次，要用业绩告诉投资者，国航是以培植赢利能力为核心的现代企业，消除此前市场对国有企业的种种偏见；最后还要找出自身区别于其他航空公司的特质，赢得市场溢价。

2003 年 1 月 1 日，联合重组后的新国航运营系统以崭新的面貌出现在了世人面前。通过大力整合，国航率先成为民航企业联合重组后完成实质性一体化的航空公司，既抢占了市场先机，又展现了与众不同的品质。

2004 年 9 月 30 日，经国务院国有资产监督管理委员会批准，中国国际航空股份有限公司在北京正式成立，这标志着国航上市工作迈出了实质性步伐。国航股份注册资本 65 亿元人民币，总资产值约 570 亿元人民币，在经过多种形式的重组剥离后，国航股份预期 2004 年资产负债率降低至 73%，按收入客公里计算，2003 年国航股份的国际客运量占中国所有航空公司国际客运总量的 51%，并成为 2008 年北京奥运会的惟一正式航空公司合作伙伴。可以说，公司的资产质量有了明显改善。

为了使国航的整体形象更为丰满，上市前夕，国航还先后成立了中国国际货运航空公司（国货航）和国航公务机公司。2003 年 12 月 12 日，由国航、中信泰富有限公司、首都机场集团公司共同投资组建的国货航率先挂牌。当时国货航拥有 5 架波音 747 货机，8 架波音747-400 客货混载飞机及 115 架客机腹舱；拥有由北京和上海始发至欧、美等主要城市的全货机国际航线经营权；拥有北京、天津、成都、杭州四大运营基地和中国当时最大的专用货机坪，其实力雄踞国内货运航空公司之首。国航以 51% 的股权控股该公司。

2003 年 12 月 15 日，国航的"湾流 IV"型公务机搭载着香港著名影星成龙一行从北京首都国际机场起飞，首航香港，这标志着国航正式开始经营公务飞行业务。国航公务机公司拥有国内最高档次的公务机型以及优秀的飞行员队伍和优质的运行体系，它的成立，被外界视为国航正式向国际高端商务飞行市场进军的信号。

这些，都将增加国航进入资本市场的卖点。

## 靠盈利打入资本市场

正当国航人为上市工作的顺利推进而倍感喜悦时，坏消息却不期而至，当时国际航空业整体陷入了令外界担心的低迷环境。"9·11"事件后，欧美航空业步入了苦日子，随着美国联合航空公司、德尔塔航空、西北航空等巨头纷纷步入破产保护境地，资本市场对航空业捂紧了钱袋子。在这种情形下，已进入国航负责上市法律事务的中介机构也一度选择了离开。外界纷纷猜测，国航的上市之路还能否走下去呢？

"自己对自己有信心，别人才能对你有信心。"重压之下，国航管理层不言放弃，利用各种形式向员工传递着一个信念：国航经过几年发展所形成的赢利能力、服务品质和企业品牌，一定能够赢得资本市场的认可！

国航的经营之道，有太多的元素可以被解读，但总结起来，其实就是一条：千方百计培植公司的赢利能力。不求单纯做大，力求做优做强；不求占有得多，力求消化得好。

正因如此，国航虽逆风起航，却接连在经营上实现了大踏步的跨越。2001年，国航宣告走出连年亏损的困境。2002年，在"4·15"空难事件的巨大冲击下，国航依然顶住压力实现盈利，并于当年成功实施了与西南航空、中浙航的联合重组。2003 年，国航咬紧牙关应对非典疫情，在上半年亏损额高达 19.2 亿元的情况下，下半年打了翻身仗，全年实现净利润 9 600 万元，成为当年惟一盈利的国内航空运输大公司。2004 年，全球油价持续"高烧"，灼伤了许多航空公司，而国航利润却飙升至 23.9 亿元，占到全国航空运输企业利润总额的 57.6％，一时间引来了外界一片惊讶的目光。远在大洋彼岸的拉美国家的航空公司甚至开始研究探讨国航的盈利模式。

经营企业其实就像农民种庄稼，只要你按照庄稼生长的规律科学办事，该施的肥施了，该锄的草锄了，该浇的水也浇了，庄稼自然会长好。

> 经营企业其实就像农民种庄稼，只要你按照庄稼生长的规律科学办事，该施的肥施了，该锄的草锄了，该浇的水也浇了，庄稼自然会长好。

国航在系列整合之后，已经积累起了富有效率的优良资产，从人员、机队、航线到管理架构和相关业务结构，都得到了全面优化。以由点连线，由线构面，由面建体的数学原理，寻找公司的盈利点，进而构建盈利面，再进而营造公司的盈利体，可以说，国航在探求航空业盈利增长的规律性方面，已经初步摸到了门道。公司的盈利渠道已经开通，国航人对公司的未来充满了信心。

"没有糟糕的行业，只有糟糕的企业。"在全球航空业一片低迷的情况下，国航一枝独秀的倩影给海外资本市场以强烈的视觉冲击。前进的引擎已隆隆作响，国航亮剑资本市场的时候到了！

## 找到卖点赢得投资者

我没有想到，交锋首先在国航筹划上市时展开了。

2004年底，国航海外上市进入倒计时阶段。中介机构参照国际市场上航空公司的平均市盈率，为国航初步制作了估值模型，预计国航以存量不到50亿元的净资产，上市发行30亿股新股，最高募资规模约70多亿元。

这一定价，可以说也已经实现了国有资产保值增值的目标，但在我看来，却仍没有真正体现出国航的价值。我一次又一次地提出修改意见，并且退回发行方案三次。

"李总，你没有搞过上市，没卖过股票。"一位好心的朋友替我着急，"如果定价过高，认购不足，会导致发行失败，这对国航反倒是伤害！"

"没错，我是没卖过股票，但我卖过黄瓜。"

我的话让他有些哭笑不得："您别开玩笑了，卖股票和卖黄瓜可不是一码事！"

"凡是卖东西，都有个共性，那就是着眼卖点，卖个好价钱！你知道黄瓜的卖点吗？"

"……"

"黄瓜的卖点有两条，一个是鲜，一个是嫩，而它的卖点标志就是黄瓜头顶黄花，身带绿刺。不是这样的黄瓜，你卖不上好价钱。"我接着问道，"那除了连续三年盈利和财务数据外，你知道国航最大的卖点在哪吗？"

这位朋友发愣了。

我说:"中国是当今世界经济发展最快的国家,中国民航市场有着全世界最快的发展速度。作为中国的政治、经济和文化中心,北京会一直是中国最繁忙的航空港和国内、国际航线的最佳中转站。基地设在北京的国航,会依托中国加入WTO和北京2008年的奥运会这两件大事而加快自己的发展,这也将是国航最大的卖点!给国航估值,不能完全套用术语、模型、市盈率指标,一定要突出真正的卖点,那就是国航现有的赢利能力和未来的发展前景。成熟的投资者更看重的是一个企业的未来。"

最终各方面同意了我的意见并开始重新调整了发行方案。

其实,上市企业与有关中介机构有不同意见是很正常的,不仅因为对企业的认知不同,更因为双方的利益也有所不同。就拿定价意向来说,虽然定价高一些,募集资金的数量大一些,中介机构提取的佣金数量也多一些,但是在一定的价格上承销商若是遇到发行困难,将承担全部接盘的风险。因此,承销商一般来说总是把价格定得保守一些,这样虽然可能少拿一点佣金,却可能规避了全部接盘的风险以及接盘后的价格风险。还好,国航在整体上市过程中与各中介机构都保持了流畅的沟通,形成了和谐共事的局面。国航上市后,我们双方还都成了很好的朋友。

"墙里开花墙外香",国航良好的基本面,也赢得了国际同行的认可。随着上市工作的推进,德国汉莎航空、中信泰富、日本全日空航空公司、新加坡淡马锡集团纷纷向国航伸来"橄榄枝",希望在此次发行中作为战略投资人而入股国航。资本和行业巨擘的认可,为国际资本市场投资国航起到了引领作用。

考虑到更长远的合作,国航最终选择了香港国泰航空有限公司作为首家战略投资者,并助推海外上市工作。2004年10月20日,国航与国泰航空签订了谅解备忘录,根据初步协议规定:国泰航空有意于国航在港IPO时,认购9.9%的股份,并且,它将支付与其他IPO投资者一样的价格。

在这份双方签订的谅解备忘录中,国泰航空还与国航就在中国香港和中国内地的航空及相关业务的合作建立了一个框架,其中包括:联合进行市场营销和销售活动,提高各自网络中对应城市之间的业务量;协调双方的运营时间表,从而使两家航空公司之间互相转拨的乘客量和货运量能够增加至最高;在工程维修、货运服务、信息技术、采购、配餐、安全与保安方面进行合作等。国泰航空的入股,由此变得更加富有深意,也为双方日后的联合之路埋下了伏笔。

## 路演成就国航"出海"上市

路演,就是上市公司在发布招股说明书之后及正式挂牌上市之前与意向投资者面对面地对话,向意向投资者进一步宣传自己并且答问释疑。在路演中,不但有实力的投资者越多越好,更主要的是答问释疑要有力、有效。

2004年10月下旬,经过精心准备,国航两支路演团队启程。一路赴北欧、北美,另一路赴东南亚、西欧,其中的一路由我亲自带队。

在新加坡，中国航油新加坡公司从事场外石油期权投机交易兵败狮城，造成了 5.5 亿美元（当时约合人民币 45 亿元）的亏损，这是一起典型的企业风险管理失控的案例。由此，海外投资者纷纷质疑中国企业的风险管控能力，而国航自 2001 年起就开始做油料套期保值业务，这在招股说明书中也作了公开披露，因此也成了意向投资者最先关注的问题。

虽然，国航的油料套期保值业务与中国航油新加坡公司的期权交易看似类同，但是其实质却完全不同。中国航油新加坡公司的期权交易带有很大的投机性，当然也隐含着极大的风险性，而国航油料套期保值业务是以期货交易为平台，以锁定成本为目的，而卖掉"两头"，或买入"两头"的做法，规避了中航油新加坡公司的那种交易风险。

所谓期权，是给予期权买方一种从合同签订时至未来某一时段之前，按照现在确定的行权价及数量，执行或者不执行某项交易的权利，而期权的卖方要根据买方的决定，执行或者不执行该交易，卖方因此获得买方在购买该期权的时候所支付的期权价格。通俗地说，买方付钱给卖方，约定在某某时间之前，我有权从你这买进，或卖给你某种货物，价格和数量是预先说定的，如果在这段时间内我决定买，你就一定要卖；如果我决定卖，你就必须买，但是我也有权在这一时间内取消这笔买卖，那么我现在所付给你的钱就归你了。

期权分看涨期权和看跌期权，每一种期权又同时存在买方和卖方两种角色。这样介入期权交易可以有四种不同角色——买入看涨期权，卖出看涨期权，买入看跌期权和卖出看跌期权。中航油新加坡公司在此役中预判油价下跌，选择的是卖出看涨期权。中航油新加坡公司也可以在买入现货的同时，再买入一笔等额的看跌期权。当石油价格上涨时，则存货方面因价格上涨获利，而买入看跌期权的合同发生亏损，但两项相抵，组合价值可保持稳定；当石油价格下跌时，存货价格下跌发生亏损，但买入看跌期权升值获利，组合价值亦可保持稳定。国航的油料套期保值正是采用了买掉"两头"或卖出"两头"的方式，旨在锁定油价，合理地使用金融衍生产品，有效地控制甚至锁定了自己的经营风险。

据相关报道，中航油新加坡公司正是因为单项卖出看涨期权，且其介入期权的方式被交易对手掌握，而交易对手调动资金的能力又大大强于中航油新加坡公司，从而导致石油价格一路飙升，使得中航油新加坡公司损失惨重，以至于最终全面崩溃。讲清楚了上述情况，意向投资者打消了对国航油料套期保值经营风险的疑虑，同时他们对国航在此问题上规避风险的技巧也给予了高度赞赏。

路演中，意向投资者另一个最担心的问题是中国纷纷成立的民营低成本航空公司对国航这样的中国大公司带来的影响。对此，我们首先说明国航的客公里成本仅为5.1美分，不但与世界各航空公司比是最低的，而且在中国也是低的，从这个意义上讲，国航也是低成本公司；其次要说明在中国，低成本航空公司成本很难低，因为在飞机采购、起降费的交付、航油航材价格等大宗成本上在中国无论哪家航空公司都是一样的；在人才获取方面，新成立的公司还要出高价才能从其他航空公司挖人，从而抬升了自己的成本。因此，目前的中国，低成本航空公司难以快速扩张。

我经过长期的观察、思考得出结论：与欧美发达国家不同，在中国这样一个经济发展不平衡的大国，低成本航空公司难以发挥其长。低成本航空公司一般多是飞支线，在发达国家，国内各地经济水平差距不大，飞机往哪里飞都可能赚到钱，而在中国，因为经济发展不平衡，一些支线地区特别是中国西部地区很难赚到钱，而发达地区的航线、航班已经饱和，新成立的航空公司很难再获得这方面的资源，即便进入也无力与大航空公司竞争。这个道理类似于在经济发展不平衡的旧中国可以进行武装割据搞革命，而在经济发达的欧美却无法进行那种中国式的革命。在现阶段的中国航空市场，低成本航空公司也很难像欧美发达国家那样，能对传统航空公司构成威胁，近三年来中国航空业的格局已充分证明了这一点。经过上述结合中国国情的阐述，意向投资者最终为我们透彻的分析而叹服。

对于意向投资者提出的高油价、中国民航业的发展预期等几方面的问题，路演团队同样作了有说服力的回答。成功的路演，不但宣传了国航，也宣传了中国，同时还向国际资本市场展现了国航管理团队的风貌。

我们的路演取得了超出预期的效果，国际投资者开始纷纷向国航解开口袋。机构投资者认购国航股票数额超过了规定数量的 22 倍，而散户竞买者投资数额则超过了发行数量的 85 倍。在此情势下，各机构投资者纷纷取消了早先的价格设限，均表示愿意以国航最终确定的价格认购。

确定国航股票价格的时刻终于到了！

2004 年 12 月 8 日，国航两支路演团队及各相关中介机构齐集美国的旧金山，最终确定国航挂牌上市的价格。早先的国航招股说明书曾公布国航上市每只股票的价格区间在 2.45 港元～3.10 港元。面对如此高的认购倍数特别是机构投资者的表态，中介机构满面春风，他们已没有了任何风险，只等开正式会议，与国航商定一个合适的股票挂牌价格。

可是，在国航内部的酝酿中却出现了两种意见。一种意见认为面对如此好的行情，价格应尽量往上定，因为每股提高 1 分钱，国航即可多募集 3 000 万港元，但是这样的话，二级市场盈利空间变小，股市行情难走高，如果遇有特殊情况，甚至出现高开低走，影响股票形象。另一种意见是定得稍低点，这样今后经营压力小，有利于长期维护公司股票形象。

最后，考虑到各方面情况，综合多数人意见，国航把价格定在了2.98 港元，这是一个中等偏上的价格，既维护了国航募集资金的数量，又为二级市场留下了三亿多港元的盈利空间，使别人也能赚到钱。在与中介机构正式召开的定价会议上，中介机构对此表示完全赞同。据说通常都要通宵达旦争论的最终定价会议，国航却花不到半小时就结束了。

2004 年 12 月 15 日，在万千目光的注视下，中国国际航空股份有限公司终于跨进了国际资本市场的大门，在香港和伦敦同时成功上市。开盘之后，国航股票便一路走高，最终收盘价为 3.225 港元，当日上涨 8.2%。此次海外 IPO，国航最终在全球共发售 32 亿股，筹资约合人民币 102 亿元。这比设计之初的发行方案，整整多出了 30 多亿元。

国航成功登陆海外资本市场，在当时创下了四个记录：

机构投资者认购倍数最高的中国海外上市国有企业，机构配售部分的认购倍数为 22 倍，中国香港公开发行的认购倍数为近 85 倍；

中国航空股上市中溢价最高的股票，上市前国航股份的每股净资产为 1.39 元人民币，H 股发行价格为 2.98 元港币（折合为 3.17 元人民币），发行价格比发行前每股净资产溢价 129%；

海外上市溢价最高的国资委所监管的中央国有企业；

世界航空公司近二十多年上市募集资金最多的公司，融资规模折合人民币达 102 亿元。

"道是无情却有情"的资本市场终究验证了"是金子总会发光"的道理，而期待已久的全体国航人，都在为这一刻而振奋，我们感受并拥有了"为中国人民争气、为中华民族展翅"的豪气和激情。

## 再度交锋：坚守底线，主动减发

时光荏苒，转眼之间，国航翱翔于海外资本市场，已近两年时间。

2006 年 2 月，国航在香港、伦敦同时发布公告，拟将返回国内资本市场，发行 27 亿股 A 股，并决定在上海证券交易所上市。

"出海"两年，国航这只漂亮的"凤凰"已经赢得了国际资本市场的认可。淡马锡、花旗银行等世界著名投资机构一直坚定地持有国航的股票，分享国航业绩的成长。自 2004 年以来，国际航油价格不断攀升，在这样的不利环境下，国航却本着明确而清晰的发展战略，依托广泛而均衡的航线网络，取得了可观的盈利效益。2004 年和 2005 年国航分别实现净利润 25.6 亿元和 17.1 亿元，净资产收益率分别达 15.1% 和 8.6%，不但成为中国赢利能力最强的航空公司，而且位列世界著名的《福布斯》杂志"全球企业 2000 强排名榜"，在全球 250 多家航空公司中脱颖而出，赢利能力在 2004 年排名第 12 位，2005 年则上升到第 9 位。

我们怀着信心，希望把国航良好的业绩与国内投资者分享——这是国航回归 A 股的初衷，而作为将产品直接面对消费者的服务行业，国航也希望借 A 股上市，进一步在国人面前展示自己的风貌，充分树立国航"主流旅客认可，中国最有价值，中国赢利能力最强，具有世界竞争力"的公司品牌形象。

国航管理层敏锐地感觉到，经历了股权分置改革和其他基础制度的建设洗礼的中国资本市场，正在迎来历史性发展的大机遇，而沿着正确航道稳步前行的国航，需要为强大的资本助力，争取未来在开放的全球航空市场上的话语权。

在 A 股的融资计划中，国航拟将募集款项用于购买 20 架空中客车 A330–200 飞机、15 架波音 787 和 10 架波音 737–800 飞机以及首都机场三期扩建工程中的国航配套扩建项目。此时的国航在北京枢纽的市场份额已经由 5 年前不足 30% 提高到 44.6%，同时在华东、西南地区，上海基地、成都枢纽搭建起的航空网络结构形成了北、西、东的三角战略框架，将我国最发达的经济带连接了起来。国航要借 A 股上市的东风，将这一战略布局变得更加完善和强大。

然而，油价飙升、全行业亏损等一连串打击，却再次让国际航空业进入了冰河期。国航 A 股发行可谓"生不逢时"。就在国航刊登 A 股招股说明书的前夕，一系列"利空"消息接踵袭来。中东爆发以色列与黎巴嫩真主党的战争，国际油价上涨，市场对航空业经营情况普遍产生疑问，而发改委恰在此时将国内航油的价格每吨上调 290 元。民航总局公布 2006 年上半年全行业亏损的额度达 20 多亿元。在宏观经济层面，央行又上调了存款准备金率。凄风冷雨中，资本市场进一步降低了对航空股的信心。

2006 年 7 月 30 日，国航发布 A 股招股意向书，计划发行不超过 27 亿股 A 股，筹集 80 亿元人民币资金。8 月 8 日，根据机构投资者认购情况，国航宣布大幅缩减 A 股筹资规模，将发行总规模调低至 16.39 亿股，融资规模缩减至 45.89 亿元。随后的 8 月 18 日，中国国航（601111.SH）A 股在上海证券交易所正式挂牌交易，当日更以 2.78 元的开盘直接跌破了 2.80 元的发行价。

"第三艘'超级航母'——中国国航因机构认购惨淡而不得不宣布瘦身。"一时间，质疑和否认纷至沓来。然而我坚信，国内资本市场低估了国航的价值！经历了国际成熟资本市场考验的中国国航，是自 2001 年以来国内惟一一家每年都实现盈利的航空公司。"价值是金"的规律必定不可颠破！上市当日，面对种种重压，我以一句"咱们走着瞧"向市场正式宣告国航对后市的信心。

在 A 股发行遭受冷遇时，国航曾考虑过三种方案。一是中止发行；二是维持 27 亿股的发行规模，将网下申购不足部分全部拨到网上发行；三是调整价格，缩小规模。"采取第一方案，"我们态度坚决，"好马不卖驴价钱！"三大承销商则目瞪口呆，他们几乎异口同声地说：

"这样做不合乎规则。"锣鼓已经敲响,哪有不演的道理。再说,有关监管机构也不会同意。最后权衡再三,国航选择了减发方案。

减少发行规模,这在十余年A股市场历史上也是破天荒的头一遭。国航为什么要"冒天下之大不韪"?道理很简单,既然内地投资者低估国航的价值,那我们就尊重市场的选择,但要坚持国航自己的原则。还是那句话,卖股票跟卖菜是一样的道理,行情不好就卖一筐留一筐,减发也是正常的股市市场化的表现。

"留得青山在,不怕没柴烧"。只要国航对自己的发展前景有信心,我们就不必争一时之气,逞一时之强,非要勉强实现原定的融资目标。要知道,股权对于上市公司而言也是一种宝贵的资源,而作为在中国香港、伦敦以及中国内地三地上市的上市公司,国航拥有多种融资渠道,未来可以在境外实施配售、发行债券,可以在A股市场另行择机实施再融资,或者还可以放弃股权融资的手段,利用融资租赁等其他形式拿到所需的资金。国航的资产负债率为60.2%,是业内最低的企业之一,这让我们心中有底,判断国航未来不会受到融资规模缩减的影响。

事实上,实现了国内外三地上市的国航,已经对资本市场驾轻就熟。除了上市时的股权融资外,近年来,国航多次利用了短期融资券等更经济的金融产品,拓宽融资渠道。海外上市不到半年后,2005年5月,国航成功发行了20亿元人民币的短期融资债券;次年9月,再次发行30亿元低利息长期债券,为国航生产运营和企业发展提供了充沛的资金流。

## 积极出击才能稳坐市场

两次上市的一"晴"一"阴"，让国航管理层始终不能释怀。国航是具备国际竞争力的领先航空公司，这一点无可置疑，可国航为何总不能顺利地获得投资者的青睐呢？

这触及到我们应该正确认识航空业的经营特征和价值判断这个根本问题。要知道，在数十年来商业航空无限风光的表象下，这个行业的从业者一直都在为稳定的利润率水平而绞尽脑汁。1947～2000 年，全球航空业的平均净利润率还不到 1%，而 1969～1994 年，全球最大的航空运输国——美国航空业也仅有一年达到了行业平均利润率。数十年来，曾经强盛一时，但最终却折翼蓝天的航空巨头比比皆是，给人们留下的印象也是深刻的。

有的投资者以来源于现实生活的经验而发出了质疑：在硝烟四起的机票"价格战"中，国内航空公司还谈得上稳定盈利和核心竞争力吗？在国内航班最为密集的京沪航线上，每隔 20 分钟，就有一家航空公司的飞机腾空而起。尽管这样，却还有航空公司试图挤入分一杯羹，机票打折似乎早已成为常态。一位民营航空公司老总也曾对我说，以他在其他行业长期主管销售的经验，京沪航线的客座率平均都在 80% 左右，说明市场并未饱和，依然有进入的空间。正是这种盲目乐观的认识和急功近利的心态，使近年来航空业的竞争充满了火药味，就连旅客流量最大的北京—上海航线，居然曾出现过 80 元特价机票，而这个数字相当于全价机票的 0.8 折！

投资人的担忧自有道理，但我们也必须全面看问题：一方面，全球航空公司正在经受高油价、激烈竞争的轮番冲击；另一方面，新兴区域的航空市场的发展前景令人兴奋。全球航空运输业的发展经验表明，航空运输发展增长速度要高于 GDP 增长速度，预计到 2020 年中国旅客运输量将达到 7 亿人次以上，接近美国现在的水平。不看到这些，就不能正确认识中国航空公司面临的历史性发展机遇，也就无法形成正确的投资判断。

国航作为一家上市公司，也要在资本市场上打造自己的良好品牌，这如同打造服务品牌一样重要。这就要求国航主动向资本市场阐明中国民航业的广阔前景以及国航的特质，重新赢得市场和投资者的青睐。

要做到这一点，首先就要以扎扎实实的经营业绩和良好的回报打动投资者。资本市场不会天上掉馅饼，要求上市公司一定要树立回报投资者的理念，用良好的业绩回报投资者。

A 股上市仅半个月后，国航在香港、伦敦、上海三地同时发布了 2006 年上半年业绩报告。国航在国际会计准则下实现净利润 4.58 亿元，这一数字，不仅在普遍亏损的航空业界一枝独秀，也彻底打消了投资人对国航盈利前景的担忧。半年的业绩发布后，花旗银行分析师随即撰文表示，维持对国航"买入"评级，并指出国航为内地航空股之中赢利能力最佳，值得市场给予重估。

资本市场起伏跌宕，本身就蕴含着很大的投机成分和非理性因素。上市公司与其关注股价的涨跌迎合投资者的心理，还不如以正确的经营理念和企业经营信息引导他们。A 股上市后，一家基金公司的老板要买国航股票，表示要先来看看国航。我对他说，你看什么呢？首先要看我们的经营理念。用什么理念来经营企业，这是企业经营的根，或者说是经营的魂。

国航海外上市两年来，凭借以此奠定的资本优势，加快发展航空主业，已经形成了国内同业所无法比拟的竞争优势，企业生产经营迎来了历史

> 上市公司与其关注股价的涨跌迎合投资者的心理，还不如以正确的经营理念和企业经营信息引导他们。

最好局面。国航已将北京首都机场打造成极具竞争优势的航空枢纽基地，2005 年国航在北京首都机场客运市场份额达 44.4%，货运市场份额过半。国航还拥有均衡互补的国际国内航线网络和具备优势的机队规模，在国内最繁忙的 20 条航线上，国航占有最高的市场份额，在国际航线上则占有 50% 以上的市场份额。国航"以公务、商务旅客为主"的特色更为明显，商务旅客比例已达 72%，位居国内三大航空公司之首。此外，国航在成本节约方面也遥遥领先于其他竞争对手，2005 年国航单位运力成本是三大航空公司中最低的。

正是国航扎实的基本面，最终赢得了投资者的认可。那位基金公司的老总听了我的话，亲自带队到访，走、听、看，花了两天时间对国航进行了深入调研。最后与我交流时，这位老总语气坚决："李总，冲着国航成熟的经营思想，我们不会减持。"

与此同时，市场也开始修正对国航价值的误判。2007 年 8 月 18 日在国航 A 股上市正好一年之际，国航 A 股股价持续上涨至 15.80 元，和上市时相比翻了五番多。国航最终以气势如虹的股价表现，一扫上市时的阴霾。国内投资基金、证券公司等机构的投资人则如梦方醒，纷纷前来国航调研，探寻这只市场龙头股的真实价值。

股价自上市以来的持续走高，也让国航无形中受益匪浅。以国航 2007 年 8 月 18 日 A 股市场最高价 15.80 元的价格计算，当初减发 11 亿股的价值总额与日前价值总额相差 140 多亿元！换句话说，国航当时的"留有余地"，果断减发，已新增获益超百亿元。

这段经历让我深刻地感受到，中国的资本市场还不够成熟，一些人不是在投资，而是在投机，这种心理会通过各种渠道传导给企业，最终造成企业的短期行为，而这对投资者和整个证券市场都是不利的。参与资本市场，本身就伴随着与市场博弈、投资与投机理念相互碰撞的情况，作为一家上市公司，最重要的是看清自己的航道，做好自己的主业，认清自身的价值。这样，才能任凭风浪起，稳坐钓鱼船。

## 选准合作伙伴，改写世界航空格局

2003 年秋，中国政府出台了完善社会主义市场经济体制的系列政策，明确提出了培育具有国际竞争力的大公司、大企业集团的目标。随后，国资委向 189 家直属中央企业发出了"世纪之邀"，提出打造 30~50 个有国际竞争力的大型集团，应对未来经济全球化的挑战。作为其中一员，国航人深感肩负的重任和巨大压力，我们渴望着能在这场"世纪之邀"中胜出，未来在更广阔的天空下展现"中国之翼"的风采。

为适应新形势下中国经济战略调整的内在要求，国航必须抓住机遇，运用资本手段加快打造自己的国际竞争力。

也许人们未曾注意，早在 H 股海外上市以前，国航就已经开始借助资本运作的手段，实施对主业资源的整合。2004 年 2 月，国航宣布收购山东航空公司，以 48% 的股权比例，成为了山航集团第一大股东。这不但是国航在国内航空市场优化布局的一个重要战略举措，更是国航快步迈向资本市场的一次预热，它标志着国航已经开始由产品经营的阶段，迈入资本运营的阶段。

其后，国航与香港国泰航空长达两年的被称为"星辰计划"的资本联姻项目开始浮出水面。通过这一计划，国航勾画出了一幅连接全球的战略图景。

善弈者谋势。在国航人看来，未来中国乃至世界航空业的版图中，北京、香港正是"棋眼"所在。国航在欧洲、北美等北半球的业务有优势，国泰航空在南美、南非、东南亚等南半球的业务有优势，如果双方能够走上联合之路，南北呼应，就将是全球航线一个大的联动！这幅战略图景让双方为之向往。

坦白地说，中国的航空市场，特别是在国际市场这一块，我们中国所有的航空公司，包括国航在内，并没有占到主导地位。在国际客运领域，外国航空公司占据了 56% 的市场份额，而在国际货运领域，外国航空公司的市场占有率则达到 82%。中国航空公司处于相对弱势的地位，如何才能破局而出，这是每个中国民航人长期以来的心结。

国航的策略是"以联合促发展"。实现国航、国泰两大区域承运人的强强联合，对打造具有国际影响力的航空枢纽是一着好棋。以我们的认识，在中国能够成为世界有影响力的航空枢纽城市，只有北京、香港和上海。北京是国航的运营基地，国航已牢牢占据其44.6%的市场份额；上海则为国航的"门户"，机队规模相对较小；而至关重要的香港枢纽，由于种种原因，国航光靠自己是发展不起来的。

单扇门够不上档次。事实上，近几年来，北京周边的东京、汉城、香港、曼谷、新加坡，还有中东地区的迪拜，对国航到达欧美的长程航线分流很大，已经带来了实质的威胁。有数字表明，2005年东京和汉城的航空枢纽几乎分流了25%的中国出境旅客。国航必须在香港枢纽的建设上取得突破，而在世界航空公司中名列第13位的国泰航空是香港最具实力的航空公司，无疑是国航最有价值的合作伙伴。

另外，随着香港机场在亚洲市场所占的比例逐年下降以及中国经济的发展，获得中国市场成为国泰未来生存的重要战略。国航持43%股权的港龙航空是一家非内地航空公司，每星期提供超过300班航班、飞往内地23个航点，这正是国泰航空梦寐以求的收购对象。随着海峡两岸航空业务的逐渐解冻，作为主飞港台的港龙航空业绩在逐渐下滑；作为持有港龙28%股权的国泰航空也在港龙的业务拓展上与大股东国航经常发生龃龉，有时甚至对簿公堂。解决这些问题，只有联手一途。

正是基于这样的考虑，双方早在2004年12月国航H股上市之时，就已经开始酝酿合作事宜。一场被双方约定为"星辰计划"的整合计划就此萌发，这是一个将改写亚太乃至世界航空业力量格局的计划。

然而，谈判的大幕拉开，其间的难度却超过了任何人的想像。唇枪舌剑中，双方代表几度拂袖而去，合作濒临流产的险境。

双方争执最为激烈的一点是双方交叉持股的各自股价。国泰航空要求以 H 股市场原 IPO 价格 2.98 港元认购国航的增发股份，而我们要求国泰按照 3.8 港元增持。同时，我们还要求国泰将原来双方意向国航收购国泰股权的价格由每股 15 港元降为 13 港元。因为双方将持有对方股权达 7 亿多股，双方股价这样一升一降，国泰向国航多付出 20 多亿元。这一"无理要求"让国泰航空董事长感到难以接受，他情绪激烈地说："No Money（没钱）！"

"先不要着急，听我把话讲完。"面对对方的强硬态度，我要以理服人。"我们国航每年增长都在 15% 以上，个别年份达到 20%，国泰航空每年增长率却仅为 2%。打个比方，你们现在看起来漂亮，但是已'徐娘半老'，而我们则是'含苞待放'。"说到这里，我起身送客，并笑着说："我相信你们还会回来。"

资本运作，一定是建立在自身具备规模和实力的基础上，只有自己有价值，别人才愿意与你合作，否则资本运作就会根基不牢，如同建立在沙滩上的大厦，会随时有覆灭的危险。国航在谈判中挺起腰杆，靠的是过硬的盈利和成本控制能力。2005 年，国航可用吨公里运营成本 2.78 元，全球能达到这一指标的航空公司也是凤毛麟角，而从单位客公里收益水平来看，国航同样排名国内第一。

这个被国泰航空董事长称为历年来最艰难的一次谈判，前后历经十几轮。经过长时间艰苦的努力，中国国航、国泰航空这两家在中国内地、香港地区实力最强的航空公司，通过 350 亿港元的复杂资本运作，双方最终实现了资本联姻和合作。真是应了中国一句老话："好事多磨"。

在具体操作上，"星辰计划"包括两个部分，即股权合作协议和运营合作协议。在股权关系上，通过国航、国泰、太古集团、中航兴业与中信泰富之间令人眼花缭乱的一系列股权安排，国航最终实现将旗下港龙的股份出售给国泰，并使其成为后者的全资子公司，而国航则与国泰实现了交叉持股17.45%，最终双方可交叉持股20%。

运营协议是在双方股权关系理清后的合作。国航和国泰航空将在大中华地区互为销售代表，即由国航独家负责国泰航空（包括港龙）在内地的客运销售，同时由国泰航空独家负责国航在港澳台地区的客运销售。国航和国泰航空（包括港龙）还将通过航线代码共享安排营运往来中国内地和香港之间的所有客运服务。双方将设立合资货运公司，该公司由国航控股。此外，国航和国泰航空还会按照共享收入、共摊成本的原则进行航线联营以及经营双方连接中国内地和香港的所有共飞航线等业务。

资本的"杠杆效应"由此得到了充分的体现。国航、国泰双方以17.5%的股权合作，实现了在某些方面50%的业务合作，放大了股权合作的能量。试想，双方如果独立新建一个航空枢纽，需要投入多大的财力和时间成本？而这种"四两拨千斤"的合作，不但巧妙地实现了双方经营资源的优化配置，而且大大提升了北京、香港两个国际航空枢纽的地位以及整个民族航空业的竞争力。

2007年3月20日，国航披露了"星辰计划"实施后的首份年报。年报数据显示：2006年实现净利润31.91亿元，同比增长86.71%。细读这份年报，就会发现，国航的利润和资产增长结构已经发生了巨大变化。"星辰计划"等投资收益成为国航盈利增长的重要来源。

## 投身资本市场要量力而行

2005 年 5 月，资本市场再度撩动国航的心弦。当月，深圳市产权交易中心发布公告，将于 5 月 23 日举行深圳航空有限责任公司 65% 股权的拍卖会。资本市场仿佛再度为国航敞开了大门。

深圳航空成立于 1992 年 11 月，是由国航、广东广控（集团）公司、深圳全程物流有限责任公司等五家企业共同投资组建而成，国航持有其 25% 的股权。当时的深航拥有员工 4 000 多人，波音 737 系列客机 27 架，经营国内航线 80 多条，并已拥有广州、深圳、南宁、无锡 4 个航空基地，总资产规模 41 亿元。

从战略角度考虑，国航决定参与这次竞拍。三大航联合重组后，市场化的竞争机制开始主导国内民航市场的发展，原来"各据一方，分而治之"的局面开始被打破。深航股权拍卖前，国航刚刚获批在广州建立基地，并已经准备谋划对华南市场的开拓，如果此次竞拍成功，国航将掌控深航 90% 的股权。以拥有超过 80 条国内航线的深圳为基地的战略将成为国航进占区域市场的最好跳板。国航将由此在华南区域获得更为坚实的立足点。

这是建国以来国内最大的一次国有资产拍卖案，也是民航大型国企控股权首次面向海内外转让。消息传出后，各类投资者接踵而至，其中不但有包括像国航、外运股份、中石化、平安保险、中信集团这样的大型国企，也有像花旗银行、新桥投资、美国国际集团（AIG）这样外资背景的财务投资人，更有北京当代集团等一些看好民航业前景的民营资本。深航的股权可谓炙手可热。

以拍卖形式转让航空公司的股权，在世界航空史上非常少见。不难看出，卖方就是要借此将深航股权卖出个好价钱。拍卖前，市场上曾估计，深航65%的股权价格在14亿~16亿元之间。经过董事会的反复研究，我们最终将深航65%股权最高估价定为不超过21亿元。由于按照深航章程及《公司法》有关规定，国航此前身为深航第二大股东，在大股东转让股份之际有优先认购权；而身为中国三大航空集团之一，国航也具备经营全国性航线网络的行业资质。在多重有利条件之下，大多数人认为国航此次参与竞拍可保无虞。

然而，出乎所有人的意料，拍卖现场出现白热化的争夺，在93轮的连续竞价后，由两家民营投资公司组成的联合竞标人最终以27.2亿元人民币的天价拍走了这笔深航股权。这两家投资公司此前从未涉足民航领域。这样的结果，令场内外人士大呼意外。

国航自己感觉这样的结果是在意料之外，却在情理之中。根据国家的政策，从2005年1月15日起，民航总局对民营投资主体投资组建公共航空运输企业不再作限制，而在此项政策出台之前，鹰联航空、春秋航空、奥凯航空等民营航空运输企业已经通过了中国民航总局的组建审批。这意味着中国的航空运输市场已经放开了对民营资本的准入，中国航空业已经进入了全新的市场化运营时代。未来的中国民航市场，必将不乏多类投资人角逐的身影和资本寻利的目光，国航未来的资本拓展之路，也必将同时面对诸多竞争和挑战。

国航再度与深航擦肩而过，令人不由扼腕叹息！很多人也许并不知道，早在2000年，市场就曾给予国航牵手深航的机会。当时，深航发起人之一的香港中旅（集团）有限公司因财务陷入困境，欲将所持

40%的深航股权转让套现。然而在 2000～2001 年间，国航的经营业绩较差，而且当时也还未对未来的战略布局形成明确认识，因此在犹疑中错失了良机。

机遇总是惠顾有准备的头脑。在瞬息万变的资本市场，一个机会从身边溜走，很可能意味着永远错失了一个战略契机，但也要看到，资本运作最大的风险，倒不是未能把握住机遇，而是把握了错误的"机遇"，最终"一足失成千古恨"。

在深航股权的竞拍中，虽然国航未能得手，但依据深航当时的赢利能力，最终 27.2 亿元的成交价格，至少相当于深航经营 10 年的盈利总和，这其中蕴藏着巨大的不确定性风险，国航不得不保持头脑的清醒。

经验告诉我们，往往一个行业被资本高度关注的时候，比如网络经济热的时候，公司的价值就可能被高估。资本运作，不但要求当事人具有相当的专业知识，而且要求当事人具有良好的心态。

一个事物总是有两面性的。资本市场能够提供更强劲的发展动能，也同样能对风险有放大的效应。作为企业，资本运作的决策应当慎之又慎。TCL 集团对法国汤姆逊彩电和阿尔卡特手机公司进行重组后，引发的经验教训令人深思。在炫目的闪光灯背后，资本之路实际上隐含着许多曲折。即便是堪称多元化并购经验最为成功的美国通用电气公司（GE），在先后从飞机发动机、发电设备、水处理和安防技术，到医疗成像、商务和消费者融资、媒体、高新材料等十几个行业取得了投资利益后，近年来其重规模、高举债、全面扩张的模式也已经开始遭到诟病，GE 也无奈地开始在一些行业退出。

中国有一句俗语，就是"舍得"，所谓不舍不得，实际上"舍"的学问比"得"的学问要大。如果不能该舍弃就舍弃，贪多嚼不烂，企业必然会付出更多的机会成本。在国航，我经常说，"吃下一顿饭，要看吃上一顿饭的时间和消化的效果"，国航通过这几年发展和资本运作，所获得的资源消化水平如何？这是国航经营管理层经常思考的问题。

> 中国有一句俗语，就是"舍得"，如果不能该舍弃就舍弃，贪多嚼不烂，企业必然会付出更多的机会成本。

正因如此，尽管国航加快发展的心情很迫切，但我们一直保持着一份清醒。在"星辰计划"之后，两家国外航空公司曾主动找到国航，希望加盟国航旗下，但本着先做身边、循序渐进、量力而行的原则，经过详细论证，国航最终都婉言相拒。

## 整体上市，前景看好

未来国航资本运作还有哪些考虑呢？我只能说，继续借助资本手段，进一步提升国航核心竞争力。具体的设想是中航集团旗下的各个专业公司都大幅度提升赢利能力，都成为集团经济效益的增长点，在此基础上实现整体上市，谋求更大的资本运作收益。

我们经常教育国航的干部，要知道管理者的思维高度决定着国航未来战略发展的高度。要做行业中的强者，就必须眼观六路、耳听八方，以战略性的思维，观察和思考公司未来发展的问题。"星辰计划"

这项旨在实现国航航线网络辐射全球的战略布局，已经体现了国航走向全球的勃勃雄心。未来国航的发展，将瞄向全世界最有钱的地方，全世界经济最活跃的地方，全世界人流与物流最为充沛的地方，这将是国航对外开拓的着眼点。

"星辰计划"之后，国航管理层已经开始研究欧美市场——这一全球人流、物流、资金流最密集的航线的布局。从更宏观的角度看，可以说，国航又开始了针对世界东、西市场格局的一次战略行动。

2006年，国航开辟了北京—新德里航线，然而不为外人所知的是，这条航线的意义不仅仅在于开发印度市场，更要借此实现由北京至南亚，并将两地与欧洲、北美连接起来的目的，它是国航打造世界东、西方市场布局的一个重要动作。

目前，在欧洲，国航已经着手拟定收购欧洲航空企业可行性研究在内的发展规划；在美国，国航紧锣密鼓地开始了对营销网络的布局。可以说，如果未来借助资本手段成功打造出南北、东西这种十字支撑的布局，那么国航就已初步构筑起在全球市场的竞争局面。国航的核心竞争力和企业价值将面临一个新的飞跃。

同时，面对全球航空运输自由化对中国航空运输业带来的严峻挑战，国航也要在企业内部开展新一轮战略梳理和资源整合的工作。在这一过程中，资本又将成为必不可少的手段。

按照国航的战略规划，国航将坚持推进和发展航空运输主业。到2010年，中航集团航空运输主业将进入世界前10强，中航集团将成为具有国际竞争力的大型企业，并进入国家重点发展的世界级航空公司行列。

这不是简单的规模扩张，而是形成以航空客运为核心，以航空物流、飞机维修、地面货栈、航空配餐、机场管理、地勤服务、航空旅游、航空传媒、工程建设、金融服务为协同的，专业化产业体系相对完备的产业格局。为此，国航首先需要加快整合境内外资源，以建立起相关产业板块，而国航目前整合的思路也正在朝这一目标前进，主要涉及三方面的内容。

首先是中航集团所属的中国航空（集团）有限公司（以下简称中航有限）将投资方向逐步转向内地航空运输相关产业，整合中航有限和中航集团所属的资产管理公司，为支撑中航有限转型增强管理能力。未来中航有限瞄准的领域，包括机场投资、航空配餐、航空物流等多个业务领域，将成为国航未来整合国内航空业务资源的又一主力。

接下来我们要考虑在国航股份提取发展成熟、业务相对独立的板块，使之与专业公司的管理资源、业务资源进行整合与共享。目前已经初步计划，将常旅客独立运作，机务维修全面整合与共享，地面服务实施独立。"星星之火，可以燎原"，这些独立业务板块的做强做大，将成为增强国航核心竞争力的重要活力。

我们还要鼓励专业公司围绕国航股份，制定与服务航空运输主业双赢共进的业务发展计划，以整合的方式集聚能力来实现良性互动的共同发展。

通过一系列的改革与再造，国航要使中航集团内的各专业板块与主业结合更密切。在这样的基础上，国航将继续深化企业改革，推进中航集团整体上市。过去，我们以国航股份制改造并成功上市为标志，将中航集团87%的资产纳入了现代企业制度下的运营轨道，但中航集团的改革工作还远远没有结束。从业务协同、资源共享和增强中航集团抗风险能力等方面看，可以考虑最终装入国航股份，实现整体上市。到时，不仅中航集团专业化产业体系将得到充分的发展，集团综合实力会大大增强，而且可以通过现有资产进入资本市场，实现资产的放大效应。此外，还可以简化管理层次，完善法人治理结构，深化现代企业制度建设，促进集团全面、和谐、健康、可持续发展。

当然，实现这个构想有个前提，就是各专业公司必须具备很强的赢利能力，使自身成为国航上市公司的利润增长点。我们预计，经过不懈努力，这个目标在"十一五"后期可望实现。

# 第七章

# 未来之道

# 引言：让世界航空业的舞台上崛起"中国力量"

企业的发展壮大取决于眼光。看不到明天就不会拥有未来，没有全球化视野就没有世界性竞争力。

当今世界，全球航空运输自由化方兴未艾，国际航空公司联盟化和整合的浪潮一浪高过一浪。未来全球航空运输业的竞争格局已演变成联盟与联盟、超级承运人的网络与网络之间的竞争。"强者恒强"的态势告诉人们，在未来全球航空业的竞争中，我们必须打造出中国航空业的领军者，即出现能够与国际航空巨头叫板的超级承运人。唯有如此，在世界航空舞台上才能真正崛起"中国力量"。否则，中国的航空业不但难以在世界上展示力量，甚至有被边缘化的风险。

当然，挑战与机遇、困难与契机从来是如影随形的。在我们清醒地看到全球航空运输自由化的趋势给包括国航在内的民族航空业带来前所未有的严峻挑战的同时，也要看到与此相伴的机遇。

今天的国航正蓄势待发。近年来，伴随着中国经济的持续高增长，中国航空运输业以年均 12.1% 以上的速度持续发展，中国是 21 世纪全球最具潜力的航空运输市场。2008 年奥运会和世博会的召开将在未来五年内把中国民航带入新一轮的快速增长期。到 2020 年左右，中国将成为世界第二大航空市场和旅游市场。中国航空业在面临历史性发展机遇的同时，也正是世界航空业积极进行战略调整的时期，这正是航空业向超级集团化、高度专业化和产业模块市场化发展的大趋势。

　　中国经济正逐步融入世界经济一体化进程之中，搭建起中国与世界展开平等对话的航空运输网络平台，事关大国经济地位、国家经济安全和社会和谐。中国不但要成为"民航大国"，而且要成为"民航强国"，这是每一个中国民航人心中挥之不去的情结。

## 面对未来国际市场，国航人喜忧参半

　　现今有一个人们耳熟能详的概念："天空开放"。听到这个词儿，民航界的人士喜忧参半。

　　大家一直关注近年来的中美贸易摩擦。2007 年 5 月份，两国在华盛顿举行中美战略对话，国务院副总理吴仪率团参加。双方在金融服务、能源与环境、民航等领域就下一步要采取的措施达成了共识，对话取得了阶段性成果。

　　根据中美新的航空协议，2011 年两国航空货运市场将过渡到全面开放阶段。2007 年至 2012 年美国至中国东部地区的客运运力将在 2004 年协议的基础上，逐年增加 70 班/周，中国中部地区（安徽、湖南、湖北、江西、河南、山西）至美国的直达航空运输市场也完全放开。中美航空市场正在迎来新一轮的开放曙光。

　　按照 2004 年中美航权谈判时达成"各方各投入 193 班/周客运运力"的协议，美国航空公司已全部用完配额。我国航空公司飞往美国的航权配额仅使用了 70 班/周，美方给予中方的航权实际使用还不到一半，主要的原因是我国的航空公司没有美国航空公司那样的实力。

这次中美之间的"天空开放",折射出全球航空运输自由化的大背景。20世纪40年代到20世纪70年代中期,各国政府对航空运输业普遍实行了严格管制的政策。各国为了保护本国航权以及航空公司等方面的利益,对外国航空公司经营本国的航空运输权一般不予批准,各国对外国航空公司的进入都有各国政府间双边和多边协定的严格限制。但从20世纪70年代末期开始,美国率先推行"放松管制"、"天空开放",并由本土化、区域化逐渐转向全球化。"放松管制"主要是指政府在国内放松航空运输的管制或取消对航空运输的管制,使其完全由市场机制来调节。而将"放松管制"或"不管制"政策用于国际航空运输业,便形成了"开放天空"的概念。它要求在尊重各国主权的前提下,各国之间相互给予自由进入对方航空运输市场的权利,也就是相互开放航空运输市场。

全球航空运输自由化正随着经济全球化进程继续深入发展,世界航空运输业已开始形成"两极发展"的新特征。

20多年来,在美国政府的强力推动下,美国"放松管制"、"开放天空"政策波及全球。到目前为止,伴随着世界经济区域化,全球已有许多地区实现了航空运输区域自由化。除欧盟、南亚统一航空运输市场外,还有由美国、加拿大组成的北美航空运输一体化市场,由玻利维亚、哥伦比亚、厄瓜多尔、秘鲁、委内瑞拉等国组成的南美安第斯航空集团,由澳大利亚、新西兰组成统一航空运输市场等。

目前,全球航空运输自由化正随着经济全球化进程继续深入发展,世界航空运输业已开始形成"两极发展"的新特征。"开放天空"加速了全球航空公司整合,航空公司联盟化和多枢纽、大网络的超级承运人已成为世界潮流;"放松管制"成为低成本航空公司诞生、发展和壮大的重要因素,新的业务模式和旅客消费行为的变化将驱动低成本航空公司向长航线进军。同样,目前航空货运领域也出现了两种截然相反的发展趋势:大者恒大、强者更强,出现了航空货运联盟和航空货运"巨鳄",而中小型航空公司的航空货运业务在夹缝中生存,不得不通过外包来表现自己,有的甚至不得不挥泪作别航空货运业务。

分析近年来全球航空公司之间的整合案例,可以说,背后的动因不在别处,正是源于全球航空运输的自由化。

在欧洲,2003 年法国航空公司和荷兰皇家航空公司合并成立了法/荷航空集团,2005 年德国汉莎航空集团并购了新瑞士航空公司,英国航空公司与西班牙航空公司的重组据报道也在酝酿之中,未来的欧洲航空市场将基本由这三大航空集团主导。在北美,航空业的重组与合并几乎将所有主要的航空公司都已牵扯其中,美国联合航空公司与三角航空公司已就合并展开商谈,合众国航空公司向达美航空公司发起了收购攻势,美国前 6 大航空公司最终很可能整合成为 3 家;而加拿大第一大航空公司枫叶航空公司与第二大航空公司加拿大国际航空公司已在 2000 年完成合并。在亚太,2006 年香港国泰航空公司整合港龙航空公司,日本航空公司整合日本佳速航空公司,新加坡航空公司与澳大利亚最大的快达航空公司近两三年也一直在讨论双方的联合重组问题。继欧美之后,未来亚洲航空市场很可能出现一两家超级承运人。

经济全球化必然带来行业联盟化,全球航空运输业的联盟、合作趋势的日益明显，未来整个市场竞争格局正在演变成为联盟与联盟、超级承运人与超级承运人的网络与网络之间的竞争。在这个大趋势下，我们应该尽快考虑自己该干什么。

## 认清自身的"短板"

在经济全球化背景下，中国的天空已无法封闭。截至 2006 年底，中国已与外国签订了 106 个双边航空运输协定（其中草签 13 个），并在部分城市试点开放了第五航权（第三国运输权）。从 2010 年开始，中美还将就航空运输市场完全开放协定和时间表进行磋商，最终实现两国航空运输市场的全面开放。继中美"天空开放"之后，中欧"天空开放"接踵而至，而中日、中韩、中新等亚洲主要国家航权的开放则几乎覆盖了我国所有可飞城市。由此可见，来自航空强国和超级承运人的竞争已形成对中国民航业的大兵压境之势。

从本质上看，所谓的全球航空运输自由化实际上是美国主导的，航空运输强国参与的，在"自由化"名义下分步骤谋求占有航空运输弱国航空资源的过程。由此不难明白，为什么对"天空开放"喊得最响的国家是以美国为代表的航空强国，或者是那些没有什么国内航空市场资源的国家，如新加坡。我们常常讲"弱国无外交"。当国家之间经济实力相差悬殊时，各方在经济全球化中得到的利益实际上是不均等的。对于航空业发展程度不高、整体竞争力不强的国家来说，如果只能被动接受像航空运输自由化这样的"国际游戏规则"，则必然要付出一定的代价。正如当初的美国，意图把自由化理念推向其他国家和地区但遭到了许多国家的抵制。欧洲一开始坚决抵制美国"天空开放"政策，但当欧洲内部（主要是原欧共体、现欧盟）建立了共同航空市场并日渐强大以后，便以欧盟的整体力量在2007年3月与美国签署了"天空开放"协议。

由此可见，全球航空运输自由化也必将给成长中的中国航空运输业带来严峻挑战和现实威胁。我们可以来分析一下航空自由化政策的三个宗旨和原则：公平竞争、自由对等、利益平衡。这三条原本都是建立在维护国家经济利益最大化基础上的，但仔细分析会发现其中隐藏的奥秘。

所谓的公平竞争却是名不副实。中国飞速增长的航空运输市场早已被美国航空公司觊觎已久，美航一直视中国为航空"黄金市场"。据了解，在美航的国际航线上，盈利最多的集中在日本航线、中国航线、英国航线等几条航线。而中国各航空公司自开辟中美航线以来却一直在亏损，目前仍在努力争取航线经营能取得根本性的改观。

中美两国航空公司的经营差距主要源于双方规模、实力的悬殊。就客源结构来说，美国政府对中国实行入境限制政策，签证政策比较严，入境手续又复杂。更重要的是，美国至今未对中国人开放旅游目的地市场。因此，分析整个中美航线市场，中国人去美国的数字与美国人来中国的比例约为1:4。这意味着美国籍旅客占据了主要市场份额，因为美国人出行首选美国航空公司。

由于竞争还不处在同一层次的起跑线上，目前的中国航空公司正处于竞争的劣势地位。2002年，外国航空公司在中国的客运市场份额为52%。此后逐年攀升，2006年达到56%。中外航空公司承运的国际航线旅客比重为44∶56，中国航空公司总体市场份额低于外航12个百分点。在中国的国际航空货运市场，2001年中国还占有40%的份额，而现在则下降为18%，国外航空货运公司却占有82%的份额。中国的货运航空公司正在被边缘化！

过去几年里，中国对韩国采取了更为自由的航空开放政策，给予韩国航空公司进入许多中国城市的权利。由于我国是一个幅员辽阔、人口密集的大国，有纵深的腹地市场；而韩国国土面积很小，其国内并没有同等数量的可以给中国航空公司带来相同价值的目的地，因此，中韩航空自由化协议对中国航空公司来说未必是互惠的。同样的情况也适用于地理狭小的日本和城市型国家新加坡等。

较为自由的航空政策使两国之间的旅客运量快速增长，韩国已成为中国的第二大国际航空市场，为中国旅游业带来了很大的利益。但也应该看到，韩国的航空公司载运了大量的以中国为始发地和目的地的第六航权（桥梁权）旅客，特别是在中国—北美之间的第六航权旅客。在这一市场上，占有最大市场份额的不是中国的航空公司，而是韩国的航空公司。当"星空联盟"吸收韩亚航空公司入盟时，该公司突出宣传的是在中国的网络覆盖范围。目前，韩亚航空公司飞往中国的14个城市，超过任何"星空联盟"成员国。类似的情况如进一步下去，将影响北京和上海枢纽建设的战略进程，威胁到中国国际门户机场的地位，削弱像国航这样的枢纽网络型航空公司的国际竞争力。

再以中美航空市场为例，在中美航线上，头等舱往返票价往往是经济舱票价的十倍左右。美方不仅占有中美航线60%的市场份额，而且垄断了大部分高收益客源，我国航空公司则处于整体亏损状态。因此，在航权的逐步开放过程中，国内航空公司看似得到了对等的权利，但由于机队数量、航线网络和市场营销手段等方面的不足，国内航空公司根本没有达到协议规定的航班数量，航权开放的预期效果并没有达到。例如中美之间的对等航权，美方已经用完，而中方使用还不到50%。

大量事实证明，"天空开放"所标榜的"公平竞争，自由对等，利益平衡"掩藏着事实上的不公平，不对等，利益上的不平衡。这给我国航空公司带来了更大的竞争压力。与民航发达国家相比，我国民航还存在诸多方面的差距，归纳起来主要有五方面。

第一，行业相互关系有待理顺，发展环境有待改善。

这几年，中国民航为适应从传统计划经济体制向市场经济的转变做了许多改革，取得了许多积极成果。面对新形势中的新情况，改革还要继续深化，特别是要从体制、机制上理顺行业内各种关系，在实现从民航大国向民航强国转变上深入地讨论，出台有力的举措。目前我国北京、上海、广州三大机场的空域和发展国际中转业务等方面的条件，明显处于劣势地位。解决这些问题需要政府相关部门的大力支持。比如，海关、边检等部门都应采取积极措施，在保证国门安全的前提下，给予门户枢纽机场发展国际中转业务所需的大通关、过境免签和落地签等政策支持，这样才能有效缩短旅客在枢纽机场的中转时间和进出口货物的通关时间。另外，政府主管部门还应积极推动高效率的立体化综合交通体系建设。这样不仅有利于促进人员和货物的快速流动，也有利于提高我国航空公司的国际竞争力。

第二，企业经营发展理念有待理清，行业发展建设有待调控。

目前，整个行业内的相当一部分企业，走的还是外延型发展的道路，这加大了整个行业经营的风险。一是运力扩张过快。根据目前各航空公司订购飞机的情况看，2007年~2010年间飞机到位时间比较密集，运力增长偏快；二是市场过度竞争。"价格战"与运力增长过快有关，但主要还在于企业经营理念方面的偏差。

近两年来，民营航空公司引起了社会的广泛关注。目前，已经获得运行资格或正在申请过程中的民营航空公司已近40家。民营资本进入民航，无疑对推动航空运输业的发展、激活市场、增加国民福利、促进社会经济发展都起着重要作用，但如果在短期内成立过多的民营航空公司，容易造成各公司争夺飞行员等重要资源从而影响整个行业的平稳。

第三，航空公司负担过重，缺乏持续发展的后劲。

一是负债率过高。与国外航空公司相比，我国三大航空集团公司平均资产负债率在80%以上，个别航空公司资产负债率已超过90%。而国外航空公司资产负债率基本保持在60%~70%之间，个别航空公司保持在30%~40%之间；二是上游成本增速过快、刚性成本明显。我国航空公司外部原因造成的航空油料等大项成本增速过快，以及上游单位成本刚性明显等，使航空公司的市场主体性难以发挥。由于我国国内航空油料销售一直高于国际市场价格，2000年前后，我国航空公司的航空油料成本占总成本20%左右，近年来上升了10多个百分点，高位时油料成本已占到总成本的40%，成为航空公司的第一大运营成本；三是税费比例过高。我国航空公司还承担着进口飞机发动机关

税及增值税，增值税税率高达17%。这些税种，在欧盟、日、美等国都是零税率。同时，许多国家为扶助具有准军事性、公共性的航空运输业发展，给予航空公司购买飞机以优惠贷款利率或其他财政扶助政策。

第四，我国航空公司总体规模偏小，国际竞争力还不强。

飞机数量少，运力有限。目前，我国航空公司拥有的各类型运输飞机总数为1 026架，而美国一家大型航空公司的机队规模一般在八九百架左右。我国三大航空公司共有全货运飞机22架，而仅美国联邦快递公司（Fedex）就有610多架货机。2005年，在世界航空公司运输总周转量排名中，中国三大航空公司均在第20位以后，其中排名第20位的国航，综合运输能力只有第1位法荷联盟的27.4%，第4位汉莎集团的42.6%，第10位日航的53.7%。

航线网络结构不合理，总体规模偏弱。从世界航空运输发展趋势看，全球大型航空公司都是枢纽网络型航空公司，全球最大的机场均是枢纽机场。长期以来，我国主要是点到点的航线，没有一定规模的枢纽网络，造成了在国际航线上我国三大骨干航空公司普遍缺乏国内航线网络效应支撑，从而直接影响了国际竞争力。

国际航线航权经营分散。长期以来，中国的航空资源分散，形不成国际竞争的合力，往往是一条国际航线由国内多家公司同时经营，对内竞争胜过对外竞争。据统计，2006年我国有15家航空公司飞往43个国家的88个城市，由多家国内公司共飞同一条国际和地区航线的数量达28条之多，在北京机场经营国际航线的国内公司就有4家。而国外则是不同航线由不同公司分头经营，尽量避开内耗，集中力量一致对外。

信息系统建设严重滞后，不适应行业发展需要。目前，在信息系统建设上，中国还没有一家航空公司能够提供与世界先进航空公司相抗衡的 IT 产品，没有一家航空公司完全实现联程服务产品的网上预订和网上支付等全方位的信息服务。这不仅影响了中国航空公司的国内外市场营销能力，也是航线网络稳定运行的隐患。没有先进的 IT 系统的支持，航空公司运力规模越大，航线网络越广，经营风险也越大。解决这一问题除了航空公司的努力，也冀望于民航 IT 保障企业保障设施和保障水平的不断提高。

第五，空管管理体制需要变革，空域和航路资源紧张。

近年来，社会公众、媒体都十分关注航班正常问题。影响航班正常的原因很多，但真正属于航空公司自身原因的大约在 20% 左右。据统计，分析 2006 年国航航班延误原因，属于国航自身原因的占 16% 左右。其余原因，航路紧张和空域管制占了大头。目前，全国 143 个民用机场中，有近 20 个机场的空域接近饱和。尤其是我国三大机场的空域资源十分紧张，京沪两地机场几乎到了一个航班也加不进去的地步，制约了三大航空公司航班投入量的增长，也增加了运营成本、降低了服务质量。

面对外航的逼近和中国航空运输业的现状，我们既不能看，也不能等，要尽快动手，拿出切实可行的对策来。

## 再度整合，顺应市场趋势

业内人士普遍认为，2002年我国九大航空公司的联合重组，为做大做强做优我国航空运输企业打下了基础。应对全球航空运输自由化的严峻挑战，有必要再来一次变革，对我国航空公司进行二次重组和整合。这种整合的目标，是要在产品定位和市场分工上，把国内航空公司清晰地定位为在面向高端市场和以经营国际航线为主的枢纽网络型航空公司；面向大众化市场和经营国内点到点航线为主的低成本航空公司；面向国内外航空货运市场和经营航空货运和地面物流为主的货运航空公司。

这种整合思路，对于民族航空业塑造起新的竞争力和竞争格局，具有长远的战略意义，主要体现在这样的四个方面上。

其一，有利于集中我国航空运输业绝大部分国际航线优势资源，形成协同效应，进一步优化机队结构，发挥各区域地理位置的国际航线网络辐射优势，可以集中精力打造北京、上海、广州三大国际枢纽和西安、成都、武汉、昆明、沈阳、乌鲁木齐等区域枢纽，形成完善的国内外航线网络，有效提高国际竞争能力。

其二，有利于推动我国航空公司结构调整，形成客货运双翼齐飞，满足高、低端不同市场需求，中央国有大型骨干航空公司、地方国有航空公司和民营航空公司合理分工、共同发展的格局，也将消除航空服务和公司战略同质化现象，有效避免同业恶性竞争，保护投资人利益。

其三，有利于发展低票价的中国航空客运市场，满足大众化的航空产品需求。在定位清楚、市场细分的情况下，国有骨干航空公司在支线和休闲旅游航线适当退出，将使民营、低成本航空公司获得更大的发展空间，这对于发展我国低成本航空公司，抵御周边国家的低成本航空公司对我国航空运输市场的侵蚀也具有重要意义。

其四，有利于高度集中所有航空货运资源，加快航空货运的发展，迅速提升我国航空公司货运的综合实力和竞争力，扭转当前被边缘化的被动局面。

从国际市场角度看，这一整合思路也符合发达国家的航空业发展经验。放眼世界，我们不难发现，英、法、德、澳大利亚、加拿大和意大利等航空运输发达国家，为了在激烈的国际市场竞争中处于有利地位，都把主要国际航线的权利集中于一家航空公司经营。国航过去经营的长航程国际航线（特别是欧美航线），长期处于亏损状态，一度面临着飞不出去的窘境。这几年国航的经营有所好转后，国内兄弟公司又加入，同样没有带来可观的利润，甚至处于严重亏损状态。在竞争上，我国的航空公司本应该一致对外，现在却是"自相残杀"，内耗不断，而外国航空公司自然会"渔翁得利"。

## 借助竞合，谋求共赢

在我们面对世界性竞争和挑战的时候，还要有竞合的理念。竞合思想是一种目光远大、胸怀开阔、促进全球航空业和谐发展的经营思想。从某种意义上说，谁具有竞合思想，谁就有大国风范和王者之风，谁的竞合战略实施得有效，谁就最终可能是最大的赢家。

所谓"竞合"，是指在竞争中寻求合作伙伴，通过合作的力量提升自己的竞争力，实现共赢。竞争和合作是矛盾的两个方面，通过不断的冲突、调整，在更高层面达

> 所谓"竞合"，是指在竞争中寻求合作伙伴，由竞争走向竞合，正在成为全球化背景下国际经济、政治发展的新潮流。

到辩证统一。它既保留了竞争对效率的原始推动力，又对单纯竞争下协同效应的缺失做出了补充。由竞争走向竞合，正在成为全球化背景下国际经济、政治发展的新潮流。

企业赢利能力的优势取决于对内外资源的整合和利用能力。要看到，经济全球化必然带来行业的联盟化。这一点，不仅仅限于航空运输业，像沃尔玛这样的零售业企业，在全球发展加盟连锁店，走的就是联合的道路。在航空运输业快速发展、国内外市场竞争激烈、成本居高不下的情况下，任何一家航空公司都根本无法自己打胜这场消耗战，因此，必须坚持"竞合"的思想，坚持"以联合促发展、以整合聚能力"的战略方针。在合适的时机，与其他航空公司、航空组织在资本、业务等各个领域展开合作，从而找到发展的助力。

竞合，首先自己须有实力。弱者永远不要与强者结盟，否则只会成为强者的附庸，很难能从强者那里分得一杯羹。20世纪80年代，国航曾希望与美国联合航空（UA）结成代码共享关系，被UA所拒绝。2003年，国航发展已具规模时，UA却又主动来到北京与国航最终签订了代码共享合作协议。时至今日，两家已发展成为关系良好的航空伙

伴公司，互相在业务上给予了诸多支持。

借助竞合，国航正改变着自身在世界范围内博弈中的地位。国航实施和香港国泰航空联合的"星辰计划"就大大提升了自身的赢利能力。

2006年5月22日，又一颗"新星"终于在国航发展史上冉冉升起。国航与国际上最大的航空联盟——"星空联盟"在北京签署了国航加入"星空联盟"的谅解备忘录。

在世界联盟航空运输公司中，有三个著名的联合体："星空联盟"（Star Alliance）、"天合联盟"（Sky Team）和"寰宇一家"（One World）。其中，以"星空联盟"实力最为雄厚。"星空联盟"由德国汉莎航空与美国联合航空在1997年共同倡议发起，成员还包括日本全日空航空、加拿大航空、新加坡航空等二十多个航空公司。它的航线网络覆盖了152个国家的842个目的地，共拥有36万名员工，2 800架飞机，每天提供15 500飞机架次，为超过4.25亿人次乘客提供服务。其业务量占到了全球航空运输量的30%以上。

每隔3秒钟，就有"星空联盟"成员的飞机起飞或降落。这对渴望更大天空的国航来说，有着强烈的吸引力。国航通过加入"星空联盟"而进入其国际航线网络，将自己的航线延伸到世界各地。国内旅客可以从国航买到通达"星空联盟"每一个成员所经营的航线目的地，从而享受到快捷的中转服务。"星空联盟"伙伴在全球强大的销售网络，可以大幅提升国航的销售能力。

实施"星辰计划"、加入"星空联盟"，是国航面对竞争对手的竞合成功之作，其效用在未来会进一步显现出来。

## 树立雄心壮志，打造"国际超级承运人"

不可否认，在国际航空运输市场的竞争中，全球航空联盟的作用正在增强。面对全球航空联盟日益壮大并逐渐占据全球航空运输市场近70%份额的新形势，如果一味地拒绝加入全球航空联盟，那么中国的航空公司必然陷入孤立境地。

为分享中国航空运输市场快速发展带来的好处，近年来，全球三大航空联盟也在加紧进军中国市场，并分别与我国各大航空公司接触，以便借力发功。一方面，国内航空公司加入不同的航空联盟，势必使中国航空市场的竞争形势复杂化。目前国内的航空公司已由相互竞争，转化为世界三大航空联盟抢占中国航空市场的竞争。这其中有许多理论和实践问题需要研究。如，外国航空公司主要资本为私人所有，在市场竞争中有不同的约束机制，而我国三大航空公司仍然是国有控股企业，在市场竞争中又缺乏有力的协调机制，国家和行业的整体利益很难得到保证。有实力的航空公司加入世界航空联盟，一些以经营国内支线为主的中小型国内航空公司，其生存却受到严重威胁。

与这一情况类似的，还有关于国内航空公司引进外资的问题。要看到，外航入股国内航空公司是自身拓展国际生存空间的需要。从利益的得失上看，国内航空公司得到的是发展资金，外航得到的却是对中国航空资源一劳永逸的占有。

需要注意的是外航入股国内航空公司对中国航空运输业带来的影响。比如，今后国内有关航空公司任何重大战略行动都要符合他们的利益，否则很难付诸实施。这会使国内航空公司格局固化，今后中国航空运输业的联合重组会因外航反对而变得更加困难。中国航空运输企业"诸侯割据"局面将更加严重。尤其是三大航空集团如果各自都引进一家外国航空公司做股东，中国航空运输企业之间的战略协同将变得更加困难，市场竞争将进一步加剧，最终中国航空运输市场的蛋糕将被国际超级承运人分而食之。

要赢得这场世纪之战，就必须打造中国航空业的领军者，打造出能够与国际巨头相抗衡的超级承运人！实际上，按照目前的国有资产管理体制，我国是最有条件迅速打造具有国际竞争力、代表中国的世界级超级承运人的。国务院国资委已经出台了《关于推进国有资本调整和国有企业重组的指导意见》，提出站在适应经济全球化发展趋势、维护国家经济安全的高度，打造具有国际竞争力的大型国有企业集团。以此思想为指导，国内民航业就应当进一步优化航空运输业的资源配置，通过重组、兼并、整合等方式，让中国"超级承运人"横空出世，也唯有如此，才能让世界航空舞台上真正崛起"中国力量"。

> 未来中国航空业的发展要求国内市场要适度放开，细分市场，有序竞争；国际市场则要尽量集中以形成国际竞争力。

如果我们能尽快成为世界级超级承运人，就可以借助目前国航已与香港国泰航空公司有相互交叉持股的关系优势，加上澳门航空公司的力量，以及积极发展与台湾的航空公司的合作，待时机成熟后成立"大中华航空联盟"，那么这一战略布局，对促进两岸交流，保持港澳繁荣稳定，实现民族崛起大业，毫无疑问都有宏大的意义。

未来中国航空业的发展要求国内市场要适度放开，细分市场，有序竞争；国际市场则要尽量集中以形成国际竞争力。中国新的航空运输集团跻身于世界级超级承运人行列是中国由民航大国走向民航强国的必由之路。

实际上，过去国航曾跟国内某些航空公司高层探讨过双方合作方面的设想。根据我们的测算，如采取"一合、一联、一交换"的合作思路，将能够迅速提升双方的赢利能力。一合就是把双方的货运整合起来，成立一家合资货运公司，这样就能大大提高国际货运市场的国际竞争力。一联就是凡双方共飞的航线全部联营。一交换就是等额比例互换双方股权，双方互派高层经营管理者。按照这三个思路，国航虽然暂时获得的利益要小于对方，但总体有利于中国航空运输市场的发展。

这里有一个认识问题需要解决，这就是如何看待"垄断"。

如果国内航空公司进行新一轮的重组整合，可能会引致"造成行业垄断"的社会舆论。在三大航空运输集团成立的 2002 年前后，就曾经有过这种声音。事实上，中国航空运输市场现在不是垄断，而是竞争过度。所谓的垄断有一个利益站位、在什么层次上谈论的问题。

崇尚市场自由竞争、反对垄断的美国，在早几年却一手主导了波音对麦道的兼并。反过来我们也要看到，现在世界民用运输机的生产基本上集中在波音与空客两家，并没有被认为是垄断。

在国内运输市场上，近几年，中国的铁路、高速公路快速发展，运行效率和服务水平都大幅度提高。铁路的 6 次大提速已给民航提出了严峻挑战。2020年以前，中国将投资2万亿人民币，建设总里程12 000公里、时速200公里以上的"四纵四横"铁路客运专线和3个城际快速客运系统。届时，铁路对民航的替代性将更加显著。同时，到2020年，中国高速公路通车里程将达到8万公里，总量将超过美国，成为世界第一高速公路大国。在中短程运输市场，高速公路的灵活优势比民航和铁路都明显，对民航的替代性更强。这说明，在运输业方面，民航也并不是惟一的垄断者。

再看中国航空运输市场，目前有近90家外国航空公司飞中国，而国内已有大大小小40多家航空公司在运营，中国民航早已是竞争最激烈的行业之一。在这种情况下，重组航空产业资源将有利于解决民航业重复投资、过度竞争、资源浪费等现象，并大大降低企业运营成本，实现规模效应，从而创造出良好的经济效益和社会效益。这绝非垄断，而是一条促进行业持续良性发展的必由之路。

消除了对"垄断"认识上的误区，我们完全可以大胆往前走。


## 认清发展方向，奋力抢占制高点

以目前航空业的趋势判断，未来航空运输企业将朝着四个方向发展：

超级集团化。航空业规模经济和范围经济的特征将更加明显，做超级承运人成为普遍目标，这一点前面已经讲到。

高度专业化。日益激烈的市场竞争，要求航空公司必须重视提升每个环节的专业化经营水平。在这一趋势下，航空公司的客运和货运业务的专业化分离，飞机维修、地面服务、航空配餐等业务将成为独立运行的专业化企业。

产业模块市场化。通俗地讲就是业务外包，现代经济的社会化分工程度越来越高，航空市场也日益呈现这样的趋势。航空公司需要飞机有飞机租赁公司提供，需要飞行员、空中乘务员分别有专业化公司提供，市场销售要有全球专业化营销企业提供专门的业务服务。未来的航空公司，将演变成为"虚拟企业"，它是以卓越的品牌、布局合理的航权和航线资源承载客货运输业务，而它的各个生产要素，包括固定资产、人员等方面，都将充分利用社会化分工的形式。这不但将有效降低航空业经营的风险，而且必将为航空业竞争重塑新的规则，从而迫使航空业空前关注品牌、战略规划、资源配置等企业经营的本原问题。目前世界上一些领先的航空公司，比如，德国汉莎航空、日本全日空都出现了向这个方向转型的苗头。过去全日空经营的航空酒店效益不错，基本上是航线开辟到哪里、航空酒店就建到哪里。然而近年来，全日空出售了旗下的所有航空酒店，同时把地面服务、航空配餐等业务模块独立出来，进行市场化运行，专心致志地发展航空运输业务。这就启发我们，中国的航空公司再也不能继续坚持"大而全"、"小而全"的经营模式了。

国内竞争国际化。目前，"天空开放"已蔓延到中国，现今，中国已签署航空双边协议106个。现在，全球已有九十多家航空公司飞往中国。在"天空开放"中外航大举进入中国的同时，外国资本也通过各种形式进入中国航空业。外航、外资除采取合资、合作的形式与中国的航空公司搭上关系，还通过股市收购中国的航空股，特别是绩优大盘股。因此，中国国内航空市场竞争国际化的特征越发明显。

这四个方面既是行业发展趋势，也是已经显现出的行业制高点。面对制高点，正确的态度只有一个：赶快抢占！

第八章

# 思维之道

## 引言：思维决定成败

不少人问我，从带兵打仗到治理企业、从将军到企业管理者，行当的不同、角色的转换，你是如何在这么短的时间内完成这种转变的？我跟他们讲，大道相通，一个人的思维方式和思想方法科学与否，决定着其行动最终结果的好与坏。

我经常与一些人士探讨，一个单位或个人的事业成功最根本的要素是什么？有人说是学习，有人说是勤奋，有人说是诚信。我说，这些都是决定成功的要素之一，但最根本的是科学方法。这包括科学的思维方式、思想方法和工作方法。

我们经常看到，在工作和实践中，有很多人的资历相当或者知识水平相近，但是对同一问题的看法和处理结果却迥然不同；有的人品厚道，工作勤奋，工作效果却总不理想；有的人动机良好，愿望善良，却苦于处理不好人际关系。为什么？其中最根本的原因，就在于不会运用科学的思维方式、思想方法和工作方法。

正如西方财经学者薛佛所说，真正的财富是一种思维方式。自调国航工作以来，我做得最多的工作，就是在各种场合反复强调科学的思维方式和思想方法，并对员工进行教育和引导。

思路是一个单位工作的"路线"，企业领导者的思路决定企业的经营战略、发展方向，从根本上决定企业今后的成败走向。企业领导者一定要有思路，思路决定出路。思路正确打胜仗，思路错误打败仗，没有思路打乱仗。想明白了才能干明白，想不明白怎么干也干不明白。而科学的思维方式和正确的思想方法就是让人想明白的方法。

我跟人说过一个公式，也是我的一个基本观点：管理 = 数学 + 哲学。数学是算账，哲学就是思维。企业管理者如果不懂哲学，很可能就会"以己昏昏，使人昭昭"。

从 2000 年 11 月国航班子改组以来，已甩掉亏损帽子，并保持连续六年盈利。从 2002 年成立中航集团以来，集团总资产由 574 亿元增至 1036 亿元，集团自有资产由八十多亿元增至四百多亿元，四年共实现净利润 104.75 亿元，上缴税费 104.31 亿元。通过深化改革发展，中航集团负债率从 86% 下降到 59%。在国内航空公司普遍举步维艰的情况下，国航航空主业已连续两年利润总额超过全行业（航空公司）100%。作为中央管理的 53 家特大型国有企业集团之一，中航集团也连续两年被国资委评为 A 级企业。中航集团在全球行业内的地位迅速得到提升，国航机队由 2002 年重组时的 118 架飞机增加到目前的 212 架，在世界航空公司的排名由 2002 年的第 32 位上升到第 18 位，利润排名上升到第 9 位，成为世界品牌五百强。

追根溯源，这正是根深叶茂的思维之树上结下的丰硕之果。


## 活用、善用唯物辩证法

2003 年 7 月，历经三个多月，我写出了长达 16 000 余字的《用科学的思维方式和思想方法指导工作》一文。当时写这篇文章的目的，是为了总结我来国航工作四年的酸甜苦辣、成败得失、经验教训。我从哲学的高度，从思维方式、思想方法和工作方法的角度，进行了总结和提高。从那时到现在，又是四年过去了，我在实践中愈发体会到思维方式、思想方法和工作方法的极端重要性。

思维，是人类社会特有的思想活动，是人们在表象、概念的基础上进行分析、综合、判断、推理的认识过程。思维方式是指人们的思维方法与形式，思想方法是思维活动的门路、程序、切入点、进入角度等。任何思维活动，都是思维主体、思维客体和思维工具（思维形式和物质技术手段）有机结合的动态过程，这三个要素结合方式不同，就形成了不同的思维方式和思想方法。从历史来看，人类思维方式经历了由低级到高级、由简单到复杂的不断科学化的发展过程，其变迁大致经历了三个阶段，即古代以直观、表象为特征的朴素整体性思维方式；近代以分析、分解为特征的形而上学思维方式；现代以注重整体、联系和结构、功能为特征的辩证系统思维方式。思维方式的历史演进，说明生产力和物质技术的发展。社会生活日益错综复杂的大趋势，推动和要求思维方式的发展要与之相适应。

辩证唯物主义为现代辩证系统思维方式的形成和发展奠定了基础。辩证唯物主义认为，一切事物、过程乃至整个世界是由无数相互联系、相互依赖、相互制约、相互作用的事物和过程所形成的统一整体。

一个政党、一个单位、一个人，思维方式和思想方法不正确，就没有成功可言。王明的"左"倾教条主义，在毁掉自己的同时，差一点毁掉了中国革命。"文化大革命"的沉痛教训，从哲学根源上分析，也是指导党的正确思想路线发生逆转的恶果。改革开放以来，国家发生天翻地覆的变化，取得举世瞩目的成就，这一切首先要归于执政党端正了思想路线。

我们知道，领导活动是领导者、被领导者和客观环境三者相互作用的运动过程，体现主体和客体的关系。决定领导行为的重要条件不仅表现在领导体制、结构、物质手段方面，更重要的表现在领导者的思维方式和思想方法上。领导体制、结构等方面只有沿着领导者科学的思维方式和思想方法的轨道正确运行，才能真正实现领导工作的高效能和好效果。我们要努力提高自己的思想方法和思维能力，除了着重提高辩证思维、系统思维能力，还要注重提高战略思维、创新思维和转换思维能力。

战略思维是在一定战略环境下，领导者对事物发展的全局或全局性重大问题的分析、综合、判断过程。我们知道，战略学是研究全局

> 战略思维是在一定战略环境下，领导者对事物发展的全局或全局性重大问题的分析、综合、判断过程。

性的战争指导规律的学科，它在军事学术中处于首要地位，指导并直接影响战役学和战术学。在这里，战略学处于全局地位，战役学和战术学处于局部或更局部的地位。由此可见，战略思维就是着眼全局的高点思维。局部是隶属于全局的，懂得全局性，就更会把握局部性；而全局又是由一切局部构成的，全局性不能脱离局部性而独立，这就是全局与局部的辩证关系。在认识方法和工作重心上，要关注和解决对全局来说最重要、最有决定意义的问题，善于谋全局者才能利一域，这就是我们通常所说的战略头脑和战略眼光。培养战略思维能力，就

是要从战略高度思考重大现实问题，把战略思维作为领导活动的逻辑起点。

创新思维是指思维的开拓性、创造性。创新是一个民族进步的灵魂，是一个国家兴旺发达的不竭动力。创新作为不断创造、不断革新的意识和实践，直接关系个人的成长，影响整个事业的发展。自由是被认识了的必然。人们越是能够实事求是，思想和行动越是合乎实际情况和客观规律，也就越能够发挥创新精神。我们培养创新思维能力，要适应实践的发展，以实践来检验一切，自觉地把思想认识从那些不合时宜的观念、做法和体制的束缚中解放出来，从对某些理论错误或教条式的理解中解放出来，从主观主义和行而上学的桎梏中解放出来。我们培养创新思维能力，要强化创造意识，即创造的愿望、动机和意图，这是创新思维的必要准备和出发点；要掌握创造性思维的规律，以陌生、好奇的眼光审视事物，以发挥主观能动性争取主动性；以开放的状态加强主观与客观之间的交流、转换；要注重创造技法，通过培养创造意识、综合集中、扩散发现等方式达到提高创新思维能力的目的。走前人没有走过的路，做前人没有做过的事，因为没有固定的模式和现成的经验，有时不免会发生失误，要承担一些风险，甚至要准备付出一定代价，因此创新思维要有不怕失败的自信、勇气和活力。

转换思维是指改善心智模式，善于切换思考，在思维方式、思想方法上改变对事物的认知，以开放的心灵重新审视和发掘自己的内心世界，以开放的心灵容纳别人的想法，从而评判主观与客观是否相一致。提高转换思维能力，要敢于突破和变革传统思维的模式，以崭新的视角和思考框架认识和处理问题。比如，将有我没你、利己不利他的输赢思维，变革为互敬互惠、共同发展的双赢思维；将单向度的本位思维，变革为双向性或多向性的换位思维；将时序性的常规思维，变革为相悖式的逆向思维，等等。

人们的思维活动，是人们一切活动的先导和起点，先导和起点正确与否，决定着其后续活动的走向和正误。在思维方式和思想方法问题上，往往是"说起来明白，做起来糊涂"，其基本原理并不复杂，难的是在实际工作中灵活运用。有几种错误的思维方式和思想方法更是我们在日常工作所忽略的。它们就是主观主义的思想方法，教条主义的思想方法，形式主义的思想方法，本位主义的思想方法，极端主义的思想方法。

主观主义的思想方法是一种唯心主义、形而上学的思想方法。主要特点是：在观察和处理问题时，单纯从主观感情、愿望、意志出发，从狭隘的个人经验或本本出发；不是采取系统联系、发展、全面的观点，而是采取孤立、静止、片面的观点，因而导致主观和客观相分裂，认识和实践相脱离。主观主义不懂得对具体问题进行具体分析，忽视不同单位的不同特点和同一单位不同时期的不同特点，不会审时度势从客观实际出发。用这种思维方式和思想方法指导工作，其结果必然是既脱离实际，又脱离群众，没有不跌跤的。

教条主义的思想方法是不考虑具体情况，用凝固僵化的观点观察世界的思想方法。其主要特点是，忽视客观实际，只知从某些条条框框和某些固定的经验出发看待事物。用这种思想方法指导工作，就必然拿某些条条框框和某些老习惯、老经验照搬照套，看不到本单位在新的情况下发生的变化，对本单位的情况缺乏正确的估计与判断。在对待本单位的成就上就会把过去的成绩当成现在的成绩，把前人的成绩当成自己的成绩，把一时的成绩当成永远的成绩，把局部的成绩当成全局的成绩，从而缺乏与时俱进的胆略与意识，甚至拒绝别人善意的批评、帮助与提醒，最终也是要吃亏的。

形式主义的思想方法是一种割裂形式和内容的有机联系，片面追求形式而忽视内容的形而上学观点和方法。形式主义无限夸大形式的作用，否定内容的决定、主导地位；以事物外部标志的识别，取代对事物本质的认识；满足于事物现象的罗列，而不考虑事物的本质。这样，想问题、办事情往往割裂形式与内容的关系，单纯从形式出发，搞花架子做表面文章，满足于热热闹闹、轰轰烈烈等，结果只能是图虚名、招实祸。

本位主义的思想方法是从本单位、本部门、本地区的狭隘利益出发，割裂系统，不顾大局，不识大体，不顾别的部门、单位或他人利益的思想方法。本位主义是一种放大了的个人主义和宗派主义的倾向，其结果必然妨碍整个大局，最终也妨碍了本局部。

极端主义的思想方法的特征是忽视事物是由多层次、多要素相互关联而构成的有机系统，往往只简单地看到事物的一极。在处理问题时要么这样，要么那样，甚至从一个极端跳到另一个极端。在工作指导上，习惯于"单项突破"抓住一点不及其余，常常在一种倾向掩盖另一种倾向中打转转。

这五种错误的思想方法，是我从国航工作的疏漏与失误中总结、检讨出来的，每一种都有具体事例能与之"对号入座"。我把它称之为五种"思维陷阱"。我经常引导国航干部并时时提醒自己，一定要做到别人吃堑，自己长智，切勿跌入"思维陷阱"。如果我们手持科学的思维方式和思想方法的"金钥匙"，养成良好的思维品质，沿着正确的思维路径前行，避开任何一口"思维陷阱"，那么我们的各项工作就一定能做得更好一些，我们也一定能取得更大的成绩。

对于思维方式和思想方法，理论的阐述可能有点枯燥，一旦联系具体实际，一切都会变得生动起来。

唯物辩证法强调事物的联系，即把任何对象都看成一个有机的整体，从组成系统的各要素的相互关系中探求系统整体的本质和规律。系统论中整体性、相关性、层次性、结构性、目的性的基本思想，是我们分析问题和解决问题的指导方法。

系统是人、物和所处环境的结合，而且是多层次、多维因素和要素不同质的结合。掌握和运用系统方法，我们就能找到小而集中的高效杠杆点。

新国航组建后，公司的主要职能是航空客货运输经营。为适应这一情况的转变，公司确定今后的主要精力是抓好五项工作：一是下功夫抓好空勤队伍和机务维修队伍建设，这是公司生产力的主体；二是抓好运行控制中心的建设，这是公司正常运营的指挥中枢；三是抓好市场和财务系统建设，这是公司效益的主力军；四是实施"四心"工程打造服务品牌，其主体是空地服务队伍；五是抓好企业稳定，建设先进企业文化，关键是抓好各级领导班子和党员队伍建设，为公司的发展提供动力支持和组织保证。这五项工作，其实就是公司全面建设的系统工程。我们运用系统论方法明确新国航的定位，比较清晰地把握了公司的特点，提出了新的工作思路。

　　飞行安全工作是航空运输生产的重中之重，其实航空安全工作也是一个系统工程。善于用系统论方法抓安全，必然会关注到安全系统的整体性，以及整体系统与层次、层次与层次之间的制约关系，使安全的整体链条都处于良性状态，这样安全工作才有可靠的基础。因为事故本身也是个链条，就是人们所讲的事故链。任何事故都不是一个消极因素造成的，消极因素成了串，事故就要发生了。因此，抓安全的真功夫在于能及时发现一个个消极因素，并及时化解排除。有人讲航空业风险性大，其实风险并不是事故，只要努力使造成事故的消极因素不成为链条，就可以化险为夷。

　　我们经常遇到工作职责不清，分工不明确，层次混乱，有利益一哄而上，出了问题无人负责的现象。这是工作效率不高，甚至无效和负面效应的一个重要原因。从系统的观点看，这是系统内部固有的秩序和规范发生了紊乱。根据系统层次性原则要求，系统各要素各居其位，各司其职，分工明确，任务具体。系统的上一层次根据系统功能目标向下一层次发出指令信息，最后考核指令执行情况。上一层次管下一层次不能事无巨细大包大揽，同时还要解决下一层次系统之间的协调问题。对系统的下一层次来说，同一层次的各子系统之间的横向联系应由各子系统本身来进行，只有在彼此间不协调或发生矛盾时，才需要上一层次出面解决，也就是下一层次对上一层次的负责不是盲目服从，被动应付，毫无作为，把一切问题统统上交。因此，把握系统层次性原则，能够有效抵制来自系统内外的干扰和破坏，发挥系统最佳功能效应。

　　有人讲国航有的飞行员有"骄"和"娇"二气，其实其他人员中的"骄"和"娇"二气也有所表现。这二气的产生，根源也在不能系统思考问题上。局限于一隅，顾影自怜，你也许有"骄"和"娇"的理由。但是，你只不过是系统的一个元素，你存在于一个相互联系的有机整体中，离开了这个有机整体，你将一事无成。从这样的视角看问题，你又有什么可值得"骄"和"娇"的呢？

我至今对第十届全国人民代表大会期间总理答记者问的情景记忆犹新，总理在谈到履行和完成本届政府的任务时，提出必须把握 24 个字的原则，即城乡协调、东西互动、内外交流、上下结合、远近兼顾、松紧适度。这 24 个字就是系统思维和用系统观点认识、处理新一届政府工作的生动体现。过去在小生产方式影响下的单向思维，不论对国家建设、发展，还是对单位工作开展，都是很不利的。如"以粮为纲"、"以钢为纲"、"以阶级斗争为纲"等，大家都很熟悉。这种思维方式只有一个思维指向、一个思维角度，从而形成一种思维结果。在主观主义指导下的这种思维结果则是非常可怕的，这就是经济工作和社会政治生活总是走不出反复这个怪圈的根本所在。我们适应现代社会化大生产和建设中国特色社会主义的需要，必须实现多向型思维的转变。思考问题，必须多层次立体化地思考，动态性多样化地思考，系统性比较化地思考，而不能单打一，搞片面性。在工作中，要有统筹兼顾、综合平衡、协调发展的理性自觉。

在讲系统论时，我们并不否定重点论。在实际工作中，集中主要力量紧紧抓住在全局中最重要、最具有决定意义的问题并予以解决，同时以此为中心兼顾其他问题的统筹解决，这就是突出重点、带动一般的重点论。在一个矛盾集合体中，各个矛盾所处的地位和作用各不相同，重点是由事物发展的客观规律所决定的。抓重点不是随心所欲，重点不能脱离一般而孤立存在。重点虽对一般起主导作用，但一般对重点也有一定影响作用，有时可能还起重要作用；重点在同一时期不同的环境、条件、范围中的地位和作用有所不同，有层次差异；重点在不同时期、不同阶段和不同条件下，也不可能是一成不变的。这就是重点的客观性、关联性、层次性和可变性。

我们在工作上突出重点、抓重点，就是从客观性出发，在复杂纷纭的工作面前，迅速抓住最重要且最有决定意义的因素，把握工作发展的本质要求。从层次性出发，正确地决定同一时期工作的重心和秩序，同时避免层面上的失误。从可变性出发，根据工作的发展变化，适时做好重点的调整和转移，能动地驾驭局势的发展。从关联性出发，推动重点工作和一般工作相互作用、相互促进、协调一致的发展。我们知道，系统论方法强调对系统的整体思考，强调能动地掌握事物结构、动态地均衡搭配，强调要素功能目标服从系统整体目标，强调系统性质上"整体大于部分之和"的功能优化。因此，系统论和重点论从方法论来说，建立在同样的哲学基础之上，具有内在的统一性。我们掌握系统论方法，不是否认事物发展和发展阶段的主要矛盾。落实在指导工作上，不是对一个单位一个时期一个阶段的工作不分主次地平行推进，恰恰是坚持重点论，通过系统结构的矛盾运动，掌握系统整个链条整体性、综合性、最佳化的中心环节，追求系统的"加和效应"。

学会用系统的观点认识和处理问题，我们就能以新眼光看世界，并重新构建我们的思维方式和思想方法。

## 全面看问题，走出"4·15"空难的阴影

看问题全面比片面好，说起来容易，实际上要做到也很难。学会用全面的观点看问题，关键是要学会多元思维，善于用全面的观点审视自己和看待本单位的工作。我们有的同志，报喜藏忧，对事实的扩大和缩小形成了巨大反差。有的同志看自己一朵花，看别人豆腐渣，对别人的过失如数家珍，积人小账，把人看死；而对自己的一切则自视甚高，认为完美无缺。有的同志甚至不明白"忠言逆耳利于行，良药苦口利于病"的道理，对来自批评、帮助或建议的声音认为是和自己过不去，本能地抗拒，最终使自己成为"孤家寡人"。还有的同志戴着有色眼镜看问题，越看越失真，完全是《列子》中所说的失斧复得者看邻家小伙子的心态。因此，思想方法上偏激、片面、偏见、以偏概全，有时比无知距离真理更远。

最说明问题的事例是"4·15"空难后，如何看待国航未来的发展形势？如何走出事故阴影，重振国航并长期保证航行安全的雄风？

2002 年 4 月 15 日，国航 CA129 航班在韩国釜山机场上空失事。噩耗传来，举国震惊，国航上下一片悲痛。

"4·15"空难后，国航面临着最严峻的安全考验和全面的工作考验。这次事故，对国航发展的影响是巨大的，对国航领导班子的压力是前所未有的。一时间，各类不利言论铺天盖地向国航袭来，真是"黑云压城城欲摧"啊！

怎么看待"4·15"空难，我们当时提出要统一思想认识，强调既要看到问题的极端严重性，也要看到国航的发展和国航历代人创造的

坚实基础，这就是"四个依然存在"：国航历代人几十年来呕心沥血构筑的安全体系依然存在，国航培养的一支思想、作风、技术过硬的飞行队伍主体依然存在，国航所积累的安全管理经验和行之有效的规章制度依然存在，国航所精心建造的保证安全飞行的设施和系统依然存在。这样认识把握问题，就比较全面、客观和准确了。因为，看不到空难事故的严重影响，会使人们麻木不仁，引不起警觉；而看不到我们奋斗的结果和发展的基础，又会使我们动摇信心，鼓不起士气。在这种情况下，我们应该既不能动摇信心，也不能悲观丧气，更不能麻木不仁。

一周之后，在国航全体干部大会上，国航领导班子集体表态，"我们不能因为发生了空难而否定公司历代人创造的基础，'四个依然存在'是我们走出阴影、重振雄风的可靠资本！"从历史上看，国航飞行总队是有光荣传统和荣誉的集体，国航领导班子调整之后，总队的工作成绩也是明显的。凭这"四个仍然存在"，国航一定能够渡过难关！

"4·15"空难发生之后，国航领导班子进行了数次专门的会议研究，总的意见是公司发展的思路不变，国航采取的系列改革举措是有成效的，得到了各方面的认可。空难之后，该改革的还要改革，该转换机制的还要转换机制，该加强基础建设的还要加强基础建设，这一点没必要动摇。但是，在克服压力和打击的同时，国航还必须找出事故背后的教训，而且要找到、找够、找透，并避免重蹈覆辙。

事实证明，国航人从上到下在"4·15"空难问题上的思维方式和思想方法是科学的、正确的，所采取的一系列工作方法也是扎实有效的。全世界都看到，国航很快走出了事故的阴影，又满怀信心地在广爽的蓝天展翅翱翔。

全面看问题，不等于平面的"不偏不倚"地看问题，在全面这个基准上，看问题的视角应该是前趋的、积极的、相辅相成的。前面谈到的正如毛泽东所说，"我们的同志在困难的时候，要看到成绩，要看到光明，要提高我们的勇气。"换一个角度说，我们的同志在顺境的时候，也要看到问题，要看到隐患，要提高我们的警惕。辩证法告诉我们，成绩不说跑不了，问题不说不得了。多看成绩往往问题多，多看问题往往成绩多。在每年年初的工作会议上，我们都强调公司上下要增强危机意识和忧患意识，在看到成绩的同时多找问题和差距。我们相信，只要认真这样做，肯定是能尝到甜头的。

## 成功也是失败之母

用辩证的观点认识和处理问题，就是将事物作为一个整体从其内在矛盾的运动、变化（含转化）及各方面的相互联系中进行考察，从而找出事物发展运动的规律，并运用这种规律观察、分析和解决问题。

一个单位、一个人的成绩和不足是共存的。有所长，就有所短。所谓"尺有所短，寸有所长"，"金无足赤，人无完人"。而长和短，既是互相依存的，又是互相转化的。能够用辩证的观点去看问题，对一个单位、一个同志就会有比较正确的评价，而不是好时一俊遮百丑，坏时一团漆黑无是处。世界上没有一成不变的事物，任何事物的消长、变化都是有规律的，祸多藏于隐蔽，而发于人之所忽。知危而安，知乱而治，知亡而存。关键看我们是否具备辩证思维，是否会因势利导，能否经受得住考验。

"4·15"空难后，我们总结教训，查找问题。我讲了一个观点："人们常讲失败是成功之母，其实成功也是失败之母，这就是'福兮祸所伏'的道理。"一个单位潜在的问题，往往被成功的荣誉、赞美之词所掩盖。国航47年飞行安全纪录的成绩、积累的经验和获取的荣誉，对查找问题、揭露矛盾、反思问题也是个障碍。在国航的干部大会上，我直言不讳地说："国航的飞行安全培训流于形式，许多人周一报到签字，周五签字走人，是不是安全事故的隐患？国航几年来重大问题不断，劫机叛逃、涉枪涉毒、经济犯罪都集中出现在30岁左右的飞行员当中，又难道仅仅是偶然问题？中国惟一载国旗飞行的航空公司，重大国事任务非我莫属，巨大荣誉是否让人'牛'了、飘飘然了？"现在国航起点归零，已没有任何可以炫耀和张扬的资本，埋头苦干是惟一出路。有了这种平和的务实的心态，国航才能够最终化消极为积极，化被动为主动，走出困境，重铸辉煌。发生了"4·15"空难，我们面对"横逆困穷"而"能受其锻炼"，就会有"祸兮福所倚"的新局面。

用辩证的观点来看，所谓的"危机时刻"，有它"危"的一面，还有它"机"的另一面。在危机处理过程中，企业往往会发现一些平时不容易发现的问题，特别是与引发危机事件有关的潜在问题。随着危机事件的处理，企业可以通过对这些问题的分析，进行必要的调整和改进，甚至可以通过一些创新性的举措，赢得意外的惊喜。当领导的，就是要把握这个"机"，善于把危机变成转机，关键在于会辩证的看问题。

这些年，我在国航经常讲团结问题，从团结这个问题中我们也能悟出不少辩证法的道理。有些单位长期平稳发展，人才辈出，干部成长，风气端正，首先得益于领导班子、干部队伍团结好。团结好其实也是营造良好的人际环境。人际关系的辩证法就是你怎么对待别人，别人也往往怎么对待你；种下的是关爱，收获的是阳光，种下的是恶意，收获的是阴霾；你从坏的方面去猜想别人，别人也会同样猜想你；两个互骂的人都想多骂对方一句，结果都多挨了一句骂。孔子说"己所不欲，勿施于人"，其实是人所不欲，勿施于人，这就是人际关系的辩证法。

对效益问题和服务问题，我们也要辩证地看。有的单位效益差，除了不可抗拒、无可挽回的因素，主要还是我们经营思路未开拓，没有找出盈利点，勾画出盈利面，构筑起盈利体。从这个角度看，效益提高的空间和回旋的余地同样很大。过去有人反映国航"服务腿短"，我们就虚心接受，诚恳改进。提出"安心、放心、顺心、动心"的"四心"服务后，社会反响比较好。

辩证的眼光是开拓的眼光，能够看到事物之间的相互联系，看到事物的产生和消亡，看到事物的运动变化。有这样的眼光，你驾驶的人生之船的航行将是与光明和智慧为伍的明朗航行。

# 从战胜非典看与时俱进的发展观

事物由小到大、由简到繁、由低级到高级、由旧质到新质的运动变化过程，就是事物内部矛盾不断产生、发展和解决的过程。发展也是社会实践的指向和顺应历史主潮流的过程。

在我们日常工作、生活和学习中，用发展的观点认识和处理问题，是一个应当坚持和遵循的重要的思想方法和工作方法。

国航从战胜非典到后来持续盈利，可以雄辩地证明这一点。

2003年，中国民航业遭遇前所未有的非典疫情，航空公司经营受到空前的打击。上半年，国航出现巨额亏损。然而国航并未被这场灾难所吓倒，而是看到光明，看到发展，看到一旦疫情解除将会有一个高速恢复期，于是将精力集中放在了灾后市场的恢复和补救上，超前进行积极的准备和筹划。2003年7月非典疫情解除后，国航迅速反应，抓住机遇，随着出游旅客的增加，国航平均运力投放立即达到90%，其中国内线的运力投放达100%，国际线达到80%。有的国际热线如北京—伦敦、北京—法兰克福航线甚至出现客票超售现象，公司航班平均客座率和日平均收入也恢复到原来的水平。对比非典时期运力投放减少78%和日平均收入减少90%的状况，国航的恢复增长速度超出了许多专家的预测。

2004年的财务报表数据统计显示，国航2003年下半年共实现利润20.1亿元。在消化了因非典造成的巨额亏损后，2003年全年仍然实现了盈利9 600万元，成为当年惟一盈利的国内航空公司，可谓"风景这边独好"。国航为补救市场所采取的一系列举措，在市场营销方面也创下了新的局面。疫情后，国航在首都机场的运力占有率从31%增加到39%，旅客市场份额从32%增加到40%，新发展直销客户415家，全公司直销收入超过23亿元。

这几年，在盈利增长的规律性方面，国航作了初步有效的探索，盈利的渠道已经初步构建。我们将国航与亚洲某知名航空公司作过一个比较，剔除国（境）内外航油、航材这两个不可比因素，国航的赢利能力已超过这家公司。国航在吨公里收益方面，其赢利能力也超过了欧洲某知名航空公司。

2004年初，中航集团在确定国航经营和利润目标时，国航有些同志觉得全球油价持续高涨，肯定完不成，于是提出要求降低经营和利润指标。当时我提出，"做企业的境界，近期要追求盈利的数量，但从长远看，从发展的眼光看，根本的并不是具体盈利数字，而是赢利能力！如果2004年国航仍然能保持去年在全国航空运输企业利润总额的比例，说明国航已经具备了一定的赢利能力。如果今年各航空运输企业都亏损，国航利润是1元钱，它就占到了行业全部利润的100%，还是说明国航的赢利能力。"最终的事实证明，年底国航的经营和利润指标完成得相当不错。

现在许多人在问，国航为什么连续多年盈利？我说，一句话介绍不完，全告诉你，你也马上做不到，做好需要三五年。这不是糊弄人的话。一个企业的赢利能力最终表现为一个"降本增效"的能力。别看说得这么简单，很多企业并没有真正下功夫去摸透这些问题的精髓。企业的赢利能力是综合因素共同作用的必然结果。

还是让我们回到发展的观点上来吧。

市场的本质在竞争，竞争在于发展与创新。竞争就是向前看，不承认过去，只承认现在和将来。效益与创新最终落脚在创造市场价值上。因此，我们要用发展的观点认识改革问题，用效益观评价发展，用发展的观点支撑创新，通过思想的解放、观念的更新，实现自我的发展，从而推进生产力的发展。

发展就是与时俱进，善于用发展的观点认识和处理问题，我们才能跟上时代的步伐。在这里，有四个方面的问题，也就是四个方面的关系要认识和把握好。

> 在现代组织中，学习的基本单位是团体而不是个人，团体的集体智慧高于个人的智慧。

学习与发展。从发展的角度看，在知识爆炸、竞争日趋激烈的新形势下，适应发展的前提是你比竞争对手学得更快更好。在现代组织中，学习的基本单位是团体而不是个人，团体的集体智慧高于个人的智慧。团体学习能够使组织成员更好地合作，提高组织的整体素质，使组织目标得以实现。但是，无论个人或组织，学习的品德都不是与生俱来的，都需要培养和锻炼。只有着眼于发展，才有充实提高，并从根本上提高个人和组织的素质。

机遇与发展。机遇是历史进程和逻辑进程的契合点与辩证统一。人们常用"千载难逢"、"稍纵即逝"、"机不可失、时不再来"来形容机遇。但是，机遇不是虚无缥缈的，它与发展的观念紧紧联系在一起，所以人们又常用"机遇青睐有准备的头脑"来形容把握机遇的客观可能性。因为着眼于发展，我们就有不进则退的危机感；就有自我提高的压力和自我加压的动力；就要把自己所思考的每件事、所做的每一项工作都当做对自己能力的测试，当做组织上对我们的信任和考验。这样，我们不但有工作的成绩，还有头脑的清醒；就不容易错过任何的机会，就能因势利导，迈上新台阶。

　　人才成长与事业发展。事业发展与人才成长相辅相成。没有人才支撑，事业难发展；而事业发展又为人才成长提供了广阔舞台。这里的关节点还在于发展。在现实中，有的人不能着眼于发展，对人才成长的看法就有偏差。对干部的使用、对自己的安排，向后看还比较多，讲资历如何如何，过去怎样怎样，为什么就不能多讲现在怎样，将来发展能够怎样。拿现实跟过去比，比的结果只能是泄气。这几年，国航推行干部竞聘上岗，就是在发展的关节点上培养使用干部，形成体现竞争本质的选人用人机制，效果比较好。当然，人才成长也不是一劳永逸的，关键还取决于你有今天的竞争优势，但是否还有明天的入场券。

　　总结经验与创新发展。经验是人们认识过程的基本环节，对我们做好工作十分重要。但经验一般来说属于感性认识的范围，有待于系统化。我们总结经验是以资借鉴，为了今天明智的、更好的发展。如果我们满足于个人的狭隘经验，抱残守缺，把局部经验误认为普遍真理，在具体工作中不是具体问题具体分析，而是把过去的老一套当做包医百病的灵丹妙药，这就恰恰走向了事情的反面。在实际工作中，这方面的问题还不少，需要加倍警惕。所以，不但要重视有益的经验，还要善于在实际工作中总结鲜活的经验，总结是动态中的总结，是动态发展的提高和升华。这就是创新，而创新是为了更好的发展。

## 管理的艺术在于把握度

任何事物都同时具有质和量两个方面，质和量的统一，称之为度。作为质和量之统一的度，就是事物保持自己质的量的限度、幅度、范围，是和事物的质相统一的数量界限。事物的运动、变化和发展是通过量变和质变表现出来的。事物在度的范围内进行量变，即不断向度的边沿推动和趋进。当达到关节点，超出度的界限时，量变就引起质变，某物就变成他物。量变引起质变，质变又引起新的量变，如此相互联系、相互转化，推动着事物的发展。

人们通常说胸中有数，这个"数"就是决定事物质量的数量界限。通常说要把握好事物的度，这个"度"就是着眼于事物质和量辩证的统一。在具体工作中，度是策略问题，也是战略问题。推动工作发展，即促进事物质的变化，量变（通过工作努力来实现）是质变的必要准备，这种量变需要趋进和积累，有一个过程，正所谓"不积跬步，无以至千里；不积细流，无以成江河"。如果不能脚踏实地、埋头苦干，企图急于求成、立竿见影，其结果必然是揠苗助长，事与愿违。我们化解矛盾，也是促进事物质的变化，这种变化是疏通淤积，化干戈为玉帛，变消极力量为积极因素。把握从量变到质变（良性的质变、发展的质变）的主动，没有战略眼光、没有策略手段是行不通的。这种战略眼光和策略手段体现在质量辩证统一的度上。

度又是思想的清醒和认识的深刻。这种清醒和深刻，就是主观与工作发展、情况变化的客观进程和需求相吻合。作为领导，要掌握好特殊情况，把消极因素尽量分解、化解；对员工、单位各个层面的工作和状况要心中有数，以体现工作的细致和可靠度；对不放心的部位和经常出问题的地方，要采取切实有效的办法措施，尽快抓紧改进和落实。

度在把握上是有层次的。儒家把不偏不倚、无过无不及作为品德修养和处理事情的基本原则和方法，这对我们很有启迪和借鉴意义。

度的层次有三。一是水到渠成，恰到好处。成都武侯祠有一幅很有名的对联："能攻心，则反侧自消，从古知兵非好战；不审势，即宽严皆误，后来治蜀要深思。"这里的"攻心"、"审势"、"知兵非好战"、"治蜀要深思"，讲的都是度。度掌握得好，"反侧自消"，"宽严不误"，否则"反侧难消"，"宽严皆误"。所谓掌握得好，就是不"左"不右，无过无不及。二是思深虑远，留有余地。"退一步前程更大，让三分后路还宽"。留有余地不是消极的而是积极的，在条件不完全具备，时机尚未成熟时，宜行则行，宜止则止，无疑是明智之举。我们要立足当前，着眼长远。退一步，是为了进两步，这就是深谋远虑。三是宁可不足，不可过头。不足可以弥补，过头难以挽回，所以两害相权取其轻。我们把握度的层次，要审时度势，要积极进取，而不要层次错位。工作实践告诉我们，在解决"不足"与纠正"过头"的问题上，后者往往要比前者花更多的力气。

在工作中，度把握得好，"天时"、"地利"、"人和"，就能够乘时谋事，适时而行，行于当行，止于当止。天时、地利、人和是条件，是大环境，条件和环境需要努力去创造。衡量一个领导在工作中度把握得好不好，要看他说的和做的是否合法，是否符合实际，是否符合大多数人的心愿，更概括地说，就是他说的和做的对不对，行不行，好不好。

前面已经说过，国航在 A 股发行时减少 11 亿股，是工作中把握好度的又一典型事例。

在管理工作中，把握好度的意义更大、更直接。管理的艺术，说到底就是把握好度的艺术，既不能'"过"，也不能 "不及"，要掌握好分寸和火候。

"4·15" 空难之后，国航曾组织对飞行总队进行专门调研。不少同志认为，飞行总队接连发生一些重大问题，管理不善、要求不严是一个重要原因。调查问卷显示，认为飞行总队管理有力的仅占被调查人数的 5.5%，认为管理无力和管理较差的则分别占到了 24.8% 和 37.9%。这反映出总队广大干部群众和飞行人员对管理工作上存在问题的焦虑和关注。因此，在严格要求和严格管理问题上把握度，我认为一定要严起来，一定要严得清醒，一定要严得科学，一定要严得公正，一定要严得合理。能够真正做到这几点，严的 "度" 的把握就是允执其中，恰到好处。

可是，有的人把 "严" 字挂在嘴上，写在纸上，贴在墙上，遇到该 "严" 的人和事，"严" 字忽就消失了，而且怎么也找不着了，该出面严的人不见了，说情的人出来了，"客观原因" 活跃了，"主观原因" 睡觉了，结果是 "严" 字落空了。

对干部的安排使用，也体现度的把握。过去干部工作命令化、简单化、神秘化，不利于调动干部的积极性，也不利于体现组织上对干部的关心爱护。汲取这一教训，在需要对干部调整使用时，我们都先征求本人意见，以体现对干部实行人性化管理。当然，也不能纵容干部挑肥拣瘦，只要组织照顾，不要组织纪律，那样也有违组织关心干部的初衷。不把握好度，要么不近情理，要么放任自流，事情的性质就会起变化。

1991 年，当我还在空军工作时，我被任命到一个 3 年内出现 4 次飞行等级事故的航空兵某师担任政委。上任后，经过调查研究，发现这个师一度思想涣散，管理松散，对于飞行员的技术培训也不系统。治军要严，我们在 3 个月内集中处分了 36 名军官，轻则警告，重则撤职。部队受到震动，面貌开始有了全新的变化。一段时间之后，上级到这个师视察，领导问："处分 36 名军官，是不是消极的一面抓得多了些？"我把详细的统计数字拿给他看，上面显示，在处分这 36 名军官的同时，我们也对 98 名军官进行了表彰，奖罚严明。其中，一个基层连长出了问题，马上被降了一级军衔，下去当排长。不过，很多人没有想到，这名军官汲取了教训，改正了错误，在基层表现优异，当了一年半的排长之后，直接提升为副营长。

我的注重质量互变的思维方式和工作方法，就是在部队工作时学会和养成的。

## 因果关系带来配餐利润的提升

原因与结果之间的联系是事物之间的一种普遍联系。世界上不存在没有原因的结果，也不存在没有结果的原因。古人讲穷则思变，困则谋通。混沌理论中的"蝴蝶效应"——佛罗里达的暴风，是由于东京的一只蝴蝶翅膀挥动一下而起的。这些讲的都是因果关系。事物之间的因果关系不仅是普遍存在的，而且是前后相继发生的。这种因果关系在一定意义上等价于现实与未来之间的联系。

> 未来作为一种结果，总是由现实原因所引起。因此，只要把握了现实原因，便可以推知相应的未来结果。

未来作为一种结果，总是由现实原因所引起。因此，只要把握了现实原因，便可以推知相应的未来结果。"凡事预则立，不预则废"，通过因果性原理，我们可以把对未来结果的认识，转化为对现实原因的认识，把对现实的认识转换为对未来的认识，从而提高对事物预测的科学性和可靠性。我们把握因果关系，就是深刻认识矛盾是事物发展的动力和源泉，从现实事物的矛盾及其运动规律，推断未来事物的发展趋势和结果；就是深刻认识量变质变的规律，从现实事物的量变及其过程，推断未来事物的质变及其过程；就是深刻认识肯定和否定的辩证统一，从现实事物的辩证肯定形式，推断其未来的否定形式（如物极必反、否极泰来等）。而深刻认识因果关系的复杂性（一因一果、一因多果、多因一果等），是为了防止把因果关系绝对化。所有这些体现在工作上，落脚点就是能动地把握工作的主动权，提高工作的预见性，提高工作的绩效和水平。

国航每年节省下来的 3.7 亿元，就是运用这种把握事物因果关系的思维方式所取得的成果。

很多人也许记得，国航曾在头等舱和公务舱的饮食上配备生鱼片等这类高档餐食，但是后来发现国内航线的乘客对此并不感兴趣，同时生鱼片不仅价格高，而且又不好保鲜。于是我们很快改变了策略，根据不同航线把生鱼片变为可口的小吃、地方风味点心，以适应不同地方的乘客。

以前，为了应对出现部分乘客吃完一份还多需要一份的情况，国航机上餐食的配餐率一般在125%左右。一份国内航线航空餐食的成本在50元左右，国际航线为70元，在很长一段时期里，这是一笔需要额外付出的很大开支。况且，机上餐食剩余的情况也越来越多，浪费现象与日俱增。

循着从结果中查找原因的思路，经过认真细致的调查，我们发现，随着人民生活水平的不断提高，事实上很多乘客上飞机未必需要用餐，即便用餐也食量不大，125%的配餐率高估了这一需求。要知道，航空餐食是一次性消耗品，结束航班后都会被处理掉。于是，国航开始考虑调低配餐率。经过公司的反复测算，最终将配餐率确定在95%。同时，飞机配备一些轻便、保质期长的食品，来应对应急需要。这样，以国航每年20多万架次的航班量计算，节省成本总计3.7亿元，小小配餐调整节省下的金额着实惊人！

值得注意的是，由于思想方法不对头，在因果关系的把握上也容易出现偏差。比如，在个人对单位或同志的认识上、个人与单位或同事之间关系的处理上，有的工作有了一点成绩，认为是自己高明，沾沾自喜，看不到前面同志打下的基础、现在同志的帮助、群众的贡献、上级的支持；有的个人愿望不能实现，不是反省愿望是否符合现实、个人主观努力和现实表现如何，而是怀疑别人作梗，或埋怨上级不体谅。

爱迪生说："原因和结果，手段和目的，种子和果实，都不能分离。因为结果已经在原因中开花，目的已经在手段中预先存在，果实已经在种子中预先存在。"一个人也好，一个单位也罢，工作做出了成绩或者出现了问题或失误，是有必要分析的。但是，分析原因是为了总结经验教训，以利提高和改进，而不是为了评功摆好或寻找逃脱责任的借口。事物的外因是变化的条件，内因是变化的根据，外因只有通过内因才能起作用，而起主导、制约作用的还是内因。如果事事争功诿过，出了问题都找客观原因，而不从主观上内省、发现和弥补，个人怎么能提高，单位的工作怎么能改进，与方方面面的关系怎么能融洽？

因此，正确认识因果关系，善于把握因果关系，也是正确协调人际关系，促进自己不断反省、学习和提高的客观需要。

## 抓主要矛盾，谈判发生逆转

哲学被称为"聪明学"、"智慧学"，而思维学从某种意义上可说是"分析学"、"解剖学"。所谓"分析"、"解剖"，就是分析、解剖事物的矛盾。而抓主要矛盾，则是"分析学"、"解剖学"的精髓。

正如毛泽东在《矛盾论》中所指出的："在复杂的事物的发展过程中，有许多的矛盾存在，其中必有一种是主要的矛盾，由于它的存在和发展，规定或影响着其他矛盾的存在和发展。""任何过程如果有多数矛盾存在的话，其中必定有一种是主要的，起着领导的、决定的作用，其他则处于次要和服从的地位。因此，研究任何过程，如果是存在着两个以上矛盾的复杂过程的话，就要用全力找出它的主要矛盾。抓住了这个主要矛盾，一切问题就迎刃而解了。"

作为一名领导干部、企业管理者，面对的矛盾真是错综复杂，只有善于分析矛盾，全力抓住主要矛盾，才能掌握领导工作的主动权，工作起来得心应手，游刃有余。否则，眉毛胡子一把抓，只会带来事倍而功半的效果，甚至还可能事与愿违。

国航与德国汉莎航空公司的合资谈判使我对此深有体会。

改革开放之初的 1989 年，鉴于中国航空业发展的需要，国航与德国汉莎航空公司合资组建了一家飞机修理厂，第一期合资协议到 2004 年期满，共计 15 年。而对于是否要续签第二期合作协议，双方自 2002 年下半年就开始谈判，但至 2004 年 3 月一直僵持不下。

汉莎航空共指出了与中方存在的 26 个分歧点，归其根本在于 15 年前的合约。当时中国航空业较为落后，故所列权益向德方做出很多让步。但在 2004 年，国航的生产能力、技术能力、管理能力都发生了重大改变，如果按照 15 年前的条件进行合资，则会丧失很多利益。

在谈判陷入僵局之后，双方都做好了清盘的准备，而应德方要求，2004 年 5 月，我们在第三地新加坡举行了最高层面的会晤。我带队与德国汉莎航空公司的首席代表劳尔，进行了最后一轮的磋商。

这并非一次单纯的生意场上的谈判，此行国航人倍感压力。当时的德国总理施罗德为推动这个项目，在来华访问中专门参观了这家合资的飞机修理厂，其中隐含的目的便是希望能促成此事。中国外交部、商务部也三次发来传真询问此事进展到何种程度。

从规模上，这不仅是中国最大的飞机修理厂，也是亚洲最大的飞机修理厂；不仅修理中国的飞机，而且修理过全世界40多个国家的飞机。显然，无论从政治角度，还是经济角度，合资失败对国航都是一大风险。

但是，我却没有把26条分歧作为谈判的重点。

在与德国汉莎首席代表劳尔的会谈中，我首先从整体上进行了全方位的阐述，我的话语意在暗示对方：15年来，中国和德国都发生了很大的变化，即使不按照15年前的标准来谈，合资对双方依然有利，公司依然会赚钱。但是，如果依然按照15年前的标准，对中国的员工、公司是有很大伤害的。

说完这些，我提议双方休息40分钟，目的是让德方对我的意见有充分的理解时间。随后，中方代表在咖啡厅谈笑风生，而在另一头，德方代表却在房间内大声争吵起来。我笑着对随行人员说："吵起来好，这说明我讲的那些话起作用了，德方内部有了分歧。"

大约1小时之后，德方代表从房间里出来，开始第二次会谈，德方主动将26个分歧点撤掉23个，但剩下的3个分歧点没有撤销。这3个分歧点是：第一，新合资25年，总经理每一任期5年，德方要当第一期总经理，其中含义便是德方任3期总经理，中方任两期；第二，当年土地使用免税，现在使用依然要免税，如果不能免税，则费用由中方承担；第三，对于员工福利，德方提出25年包干，共计3.4亿元，因为德方搞不清楚中国经常变化的福利制度。

而对此，我谈了三点看法，第一，关于总经理谁当的问题，目的是什么？肯定是挣钱。那么我们先不说中德双方谁先当，我们把原则定为谁当得好谁当，谁挣钱多谁当。那么，在历任 7 个总经理中，谁挣钱多，谁就当。或者我们可以招聘，何必你当我当，只要能赚钱就行。其实，此前我早已调查清楚，一位中方总经理赚的钱最多。对此，德方表示认同，并开怀大笑，说："看来你早有准备。"

第二，对于土地使用免税问题。我解释说："国家政策并不针对此合资项目，所有合资企业用地都要交税。从国航来说，我也希望免税，但国家没法免除。那么如果都让国航承担，作为合资企业并不合理，但可以按股份比例承担，国航占股 60%，承担 60%。"说到这儿，德方也无话可说，只好表示同意。

第三，关于福利问题。我先从德国说起，德国也是法治国家，法律上也有完善的福利制度，那么从德国的法律角度上来说，并没有可以拿出一部分钱来把所有福利制度都解决的先例，这不符合实际，所以还要随着政策变化而变化。我们按照法律办理，这是公平的。法律对所有合资企业，不只针对德国企业，所以不存在一个吃亏占便宜的问题。对此，德方最终表示了认同。

一场旷日持久的谈判在两小时内发生逆转，德方的 26 点异议，全部取消，合作继续履行。这样的结果令所有曾经参与谈判的人士大为惊讶。为什么会发生这样的转变？其实道理很简单，你有理有据地分析矛盾，让对方跟着你的分析走，最终他不得不认同你的分析结果。我明确地告诉了德方，"即使你按照我的方式来做，依然能赚到很多钱，只不过是在方式上要做些改变。"做生意，说到底是利益，抓住了"利益"这个双方之间存在的主要矛盾，其他一切问题自然都可以迎刃而解。

　　人的思维就像一架高级的照相机，要有两个重要的特点：视角宽，辐射面大，思维高瞻远瞩；能聚焦，能抓住重点。大家常说，一个人胸襟要博大、思维要开阔。不开阔，好多事情想也想不到。但光是思维开阔还不行，你海阔天空地想了很多，若没有正确的选择和聚焦，很容易自己把自己弄花了眼，搞得六神无主，不知所措，这就走向了反面。

　　国航领导班子上任之初，面对着公司连续三年严重亏损、改革重组在即、内部各种思想反映强烈、安全和稳定受到威胁等诸多矛盾，然而，公司领导班子对国航现状和面临的形势进行了广泛调研和认真分析后，仍一致认为连续三年的亏损，是困扰干部职工思想、影响积极性发挥的重要因素，更是关系群众切身利益和公司长远发展的焦点问题。牢牢抓住扭亏这一上下关注、影响公司建设和发展的主要矛盾，重点突破，正是我们成功扭转颓势、开创国航发展新局面的关键。

　　在新时期国航发展的战略目标中，"做中国盈利最强的航空公司"仍然是最关键的一条。只有具备较强的赢利能力，国航才能够打造出卓越的品牌形象，成为主流旅客认可、具备世界竞争力的航空公司。这同时也对国航的经营能力提出了很高的要求。围绕这一目标，几年来国航做了大量的工作。比如，推进北京等机场的枢纽战略，做强网络，抓中转联程旅客市场；从航空公司大的财务成本源头，抓经营方略的谋划，为长期的经营降低运营成本等。纲举目张，国航实际上也在这一过程中基本理清了企业发展的航道，使盈利的渠道初步构建起来。

实践证明，只要抓住企业盈利这个"牛鼻子"来运作，打造企业的核心竞争力，企业的发展方向就错不了。几年来，国航认真贯彻科学发展观，走内涵式发展道路，牢牢坚持以安全为基础、以效益为中心、以提高人的素质为根本、以企业全面发展为方向的方针。这些看似抽象的原则，在国航却都是具体的。

所有这些，从思维指导上来说，都是经过分析，抓主要矛盾的结果。还是那句老话："分析好，大有益。"

## 创新思维解开管理难题

创新思维是指思维的开拓性、创造性。作为企业领导者，绝对不能因循守旧，而必须善于从战略高度进行创新思维，另辟蹊径去解决企业发展中的重大现实问题。

前几年，国航一些空勤人员对空勤领导干部拿平均小时费有不少意见。飞行领导干部执行飞行任务少，却拿着比一般空乘人员还要高的小时费补贴，职工怨言很大。2003 年，国航领导班子重新对空勤领导干部参加飞行时间做了规定。新的规定鼓励飞行领导干部适当地多参加飞行。国航现有 200 多名飞行领导干部都是飞行骨干。他们技术精湛、经验丰富，参与一线飞行后，不仅能提高飞行的安全质量，还使公司每年增加了 5 万多小时飞行量。这就等于多出了近 60 名机长，而利润则增加了 3 亿多。

同样，乘务机务、市场营销、地面服务等业务单位的领导干部适当地多参加一线飞行和一线的工作，也能有效地提高国航服务质量。并且，领导干部深入基层、深入一线，既密切了党员领导干部同职工群众的联系，也有利于在基层发现问题、解决问题。所以说：无论什么经验，领导要上第一线！

改革措施出台后，国航总体安全形势稳中有升。三年来，国航航班正点率指标位居业内先进水平，而旅客投诉率大幅降低，改革取得了良好成效。

这样的改革都是创新思维的结果。如果墨守成规，只是在加强宣传教育上寻求新的解决办法，那么问题只会越积压越严重，矛盾只会越积累越突出。

这些年来，国航在创造性地解决企业内部改革发展的问题上，不断进行着一些探索。企业规模和机队规模扩大了，原有的组织结构、管理思路、管理手段等已越来越不适应驾驭大公司的要求。比如，我们率先在国资委管辖的大型企业中，实施内外公开招聘集团经营管理者、普通干部竞聘上岗制和薪酬制度的改革；我们开始逐步探索组织管理模式向系统化转型，国货航、公务机分公司、工程技术分公司和商务委员会等先后成立，集约化规模效益与效应也开始显现；我们还主动对标国际先进的航空公司管理方式，按照"资源集中，链条缩短，管理下沉，指挥前移"的原则，重点推进组织转型方面的改革。

我们相信，这些改革对国航未来发展影响将是深远的。虽然，这是走前人没有走过的路，做前人没有做过的事，但在国航实现跨越式发展的历史使命面前，国航人有着不断开拓、不怕失败的自信、勇气和活力。我们敢于面对挑战，接受失败，因为我们深知，改革、创新会有风险，但不改革、不创新就是死路一条！

对内如此，对外也是一样。近年来，在与供应商、合资合作方的谈判中，以及在做大客户直销的工作中，我们体会颇深。许多谈判最终之所以有一个双方满意的结果，谈判技巧和经验是一方面，但更重要的是运用了创新的思维方式和思想方法。

企业的创新能力取决于领导干部的创新思维能力，领导干部的创新思维能力不是从天上掉下来的，而是需要大力培养。我们培养创新思维能力，首先要强化创造意识即创造的愿望、动机和意图，这是创新思维的必要准备和出发点，在某种程度上，这也是与领导干部建功立业的决心以及责任感直接相关的；其次要掌握创新思维的规律，以陌生、好奇的眼光审视事物，以发挥主观能动性争取主动权，还要以开放的状态加强主观与客观之间的交流、转换，通过培养创造意识、综合集中、扩散发现等方式达到提高创新思维能力的目的。

有时候我听干部工作汇报，听着听着，我会打断他说："不要说了，没有新东西，回去好好思考，有了新思路再来找我。"过几天他不来

> 错误的提议、决策往往掩盖在时髦的口号下，或者说往往出于时髦口号的诱惑。

找我，我会主动找他，重新听他汇报。我这是有意识地给干部施加压力，强化他们的创新意识。因为没有创新，就没有进步，而在当今竞

争激烈的社会大环境中，办企业犹如逆水行舟，不进则退。

强调创新，还要防止在"创新"的口号下头脑发热，脱离实际地异想天开，心血来潮忘乎所以地胡来蛮干。我发现企业中有一个很有意思的现象，在企业亏损、发展无望、亟须求新求变的时候，勇于创新者少；而在企业盈利、资金充沛、发展形势好的时候，反而有很多思想活跃者，他们新"点子"层出不穷，能提出各式各样的投资项目。

曾有一位下属二级公司的领导兴冲冲地跑来找我说："李总，我们这里有一个上海房地产的项目，稳赚不赔，抓紧投资吧！"我们是做航空的，对房地产业务"两眼一抹黑"，上海又是一个资金、人才密集的国际化大都市，这种显而易见的盈利机会，凭什么偏偏跑来找你？难道天上会掉馅饼吗？思前想后，我们最终顶住诱惑，制止了盲目投资。

这几年，国航大约有90%以上的非主业投资项目在决策中被排除，尽管这些项目大都被冠以"积极开拓"的"桂冠"，而通过的极少数的项目是那些有必要、有所借力、有控制能力的非主业投资。

错误的提议、决策往往掩盖在时髦的口号下，或者说往往出于时髦口号的诱惑。为了防止创新重蹈此类覆辙，我们必须强调实事求是，一切从实际出发、一切从客观规律出发的创新。

## 不妄想就能心想事成

有人问我："李总，有人说你有心想事成的诀窍，真的吗？"

我笑言："真的。我的诀窍是不成的事不想，想的都是成的事，不就心想事成了吗？"

其实，这也不尽是笑谈。心想事成虽然是人们一句美好祝福的语言，细细想来也是大体可以做得到的。其关键在于怎么想。

有一位新上任的总经理，他向我提出的要求是，他要实现经营目标就得让他做主。我说："当领导想自己说了算，也不见得错，关键是要明白怎么才能说了算。你清楚吗？"他答不上来。我说，"当个领导要想实现说了算，起码要符合三条：一是要符合实际，若不符合实际，实际就会否定你；二是要符合法律规章，否则法律规章就会否定你；三是要符合大多数人的心愿，若违背了大多数人的心愿，也很难说了算。俗话说，众怒难犯，专欲难成。这就是"想"与"成"的道理。

"心想"说到底是智慧性的活动。智慧的构成有三个要件，其一是科学辨析，其二是准确判断，其三是正确选择。其实，人的一生几乎时时刻刻都处在选择活动中，从如何选择发型和服饰的搭配，到选择见什么样的人以及见面后说什么话。只不过有些选择无关大局，有些选择事关终生罢了。比如，上什么样的学校，选什么样的专业，找什么样的爱人，交什么样的朋友，参不参与某项风险事项等，这些都属于人生中的重大选择，往往决定着一个人的人生轨迹。选择得正确，源于判断得准确，判断得准确源于辨析得科学，辨析得科学其实就是不妄想。

有位朋友让我题写几句祝他经营成功的话，我写下了："诚信为本，科学为基，勤奋为径，善良为桥。"这四句话，句句都含有不妄想才能成功的意思。

"诚信"二字左右结构，属会意字。"诚"，左"言"右"成"。意为说话能成是谓"诚"；而"信"，左"人"右"言"。意为说的人话是谓"信"及"人"出"言"是谓"信"。反过来，不讲人话不能"信"，说话不算难做人。做人不要试图通过谎言和欺骗来为人处事，那是要吃掉自己的人格和良心的。美国有一句名言：你可以永远欺骗一个人，你也可以一时欺瞒所有的人，但是你无法永远欺骗所有的人。谎言和欺骗最终都会被识破和戳穿的。

"科学"二字含意很多，这些主要指的是按客观规律办事，当然也包括企业运营的规律。寻找和运用规律不是一件容易的事，首先寻找的方法要科学，说到底还是思维上的不妄想。

经营上的不妄想就是要把自己的经营活动建立在稳妥可靠的基础之上。孙子兵法有言："胜兵先胜而后求战，败兵先战而后求胜。"毛泽东把这句话表述为：不打无准备之仗，不打无把握之仗。凡事预则立，不预则废。需要指出的是，稳妥可靠与视角独特、出奇制胜并不矛盾。有一段这样的笑传：延安时期毛泽东与相关指挥员讨论如何迫使国民党的军队进入共军的伏击圈，毛泽东发问，"能不能让猫儿吃辣椒啊？"一位回答，"能，把猫嘴撬开将辣椒塞进去就是了。"毛泽东说，"这个办法不好，弄不好还会被猫咬着。"另一位回答，"有办法，将辣椒放在鱼腹中，猫会连辣椒一起吃掉。"毛泽东说，"不好，那样猫会把鱼吃掉而将辣椒剔出来。"在场的人急切地说，"主席别卖关子啦，你肯定有好办法。"毛泽东说，"我的办法是将辣椒酱涂在猫的屁眼上，猫肯定要一点一点地去舔掉。"毛泽东奇特之法，其实正是建立在对猫习性的准确认识之上的。乍听在意料之外，细想精妙绝伦。

"勤奋"二字不需多说。勤奋总是与成功结伴。

"善良"二字本意在于能替他人着想。这是广交朋友、广结善缘的必由之途。心想事成离不开机遇，可机遇在哪里呢？机遇的载体往往就在朋友身上。有句歌词"朋友多了路好走"，那是千真万确的。人们经常讲，要抓住机遇，诀窍就在于要抓住朋友，即不要失掉朋友。但是朋友不是靠"抓"来的，而是靠"为"来的。"为"离不开"善良"二字，只有善于替别人着想，别人才觉得你靠得住。善良、善意不但是结识人的桥梁，也是有效沟通的桥梁，常常能助人成功。

2003 年，因一架飞机的改装价格，国航与波音谈判达半年之久而未果。当时波音的报价是 4 500 万美元，由于特殊原因国航只能出 1 500 万美元，双方相差 3 000 万美元，当时约合 2.5 亿元人民币。最后波音民机总裁穆拉利先生邀我去美国波音总部面谈。临行前我得到的信息是穆拉利先生给我 500 万美元的"面子"，也就是说，改装费用不能少于 4 000 万美元。而我方的情况则是 1 500 万美元，1 美分也不能加。价格上的差距使谈判的成功受到威胁。

谈判必须另辟蹊径。于是，我没像往常那样先向对方传真意向方案再去谈判，而是准备了个腹稿直奔波音总部。出人意料的是穆拉利先生没有直接出面，而是派了他的副手迪肯森先生接待我。我想波音是想让迪肯森先生与我象征性地谈一下，然后就按他们拟定的方案由穆拉利先生出面与我共同签字。估计他们认为给我 500 万美元的"面子"已经够意思了。

双方见面后，迪肯森先生胸有成竹地说："李先生，你还有什么方案可以讲。"我直率地说："这次应穆拉利先生邀请来波音，我没有带什么方案来，因为我知道 1 500 万美元的改装费用是不够的，但我也知道美国朋友喜欢听实话，我这次来就先向波音的朋友讲几句你们不知道的实话，如果你们认为我讲的是善意，双方就再谈谈方案，如果你们认为我讲的不是善意，下午我便回中国了。"迪肯森先生说："请讲，请讲。"我说："第一句实话是，这架飞机改装的特殊原因波音朋友是知道的。正是这种特殊原因，国航对这架飞机 1 500 万美元的改装费用是不能变更的。第二句实话是，某飞机制造公司找到国航，愿意以国航的出价解决这架飞机的改装问题，条件是国航今后不要再买波音的飞机。我们考虑到国航与波音的历史关系暂时没有答应。第三句实话是，临来前我做了统计，自 1972 年波音首架 707 飞机进入中国以来，中国方面总共采购波音的飞机已达 4 600 多架，加上今后预定的数量达 6 000 多架，而使用波音飞机最多的中国航空公司是国航。30 多年来，波音公司从中国获得的市场收入已超过 5 000 亿元人民币。我想波音的朋友会从历史和未来的角度来对待这次飞机改装问题的。"

我讲完上述三句实话，迪肯森先生一脸正容，起身说："感谢李先生讲的情况，请您稍候。"说罢便起身匆匆离去。我判断他是向穆拉利先生报告去了。大约仅过了 20 多分钟，穆拉利先生便满面春风地来到了会客室。他开口便说："迪肯森已向我讲了你的话，我们非常感谢你的友好与善意，你说改装方案怎么办？"我说："谢谢你们听进了我的话，我的意见是就按 1 500 万美元签订改装协议，具体技术细节再由技术小组谈。"穆拉利先生马上说："那好，就按你说的办。"说罢，便拉着我的手步入了早已准备好的签字仪式厅，立即完成了签字仪式。这就是真诚与善意的力量。

## 形象化思维悟出的普遍性道理

生活中充满了哲学，生活是哲学的大课堂。深入生活，思考生活，运用生活常识进行形象思维，从中悟出带普遍性的道理来，用以指导工作、学习和生活，我称之为"做概念"。"做概念"，这是一条行之有效的思想方法和工作方法。

作为领导者，做好经营管理工作要善于归纳、梳理工作中产生的问题，从做"概念"上找出工作思路。这应该是领导者的一个重要能

> 深入生活，思考生活，运用生活常识进行形象思维，从中悟出带普遍性的道理来，用以指导工作、学习和生活。

力。如果领导者仅仅是抓一件件的具体事情，那永远有抓不完的工作。那么什么是"概念"呢？这个"概念"就是理念的语言表述，是理念的具体体现。面对企业复杂的内外部安全生产、经营管理、改革发展问题，领导者要把复杂的问题抽象成上下可以执行的工作理念，传播现代经营管理知识。领导者还要善于把深奥的书本理论和抽象的概念，提炼成干部职工可以理解和传播的大众化概念。

比如，企业的经营管理是有其整体性的，也是相辅相成的。什么

是经营呢？经营工作有许多内容，我归结为四句话："把市场摸得透透的，把路子理得清清的，把成本降得小小的，把收益搞得大大的。"至于管理工作也有许多内容，我也概括为四句话："把员工队伍特别是干部队伍摸得透透的，把经营骨干用得顺顺的，把规章制度建得全全的，把全员素质提得高高的。"

在过去相当长的一段时间内，包括民航企业在内，一些服务单位把服务质量简单理解为服务态度，又把服务态度简单理解为微笑服务。实际上，"微笑"只是形式，并不能反映服务的本质，更不是服务的全部内容。服务就是满足客户的某种需求。航空旅客和货主有什么需求呢？思考了两年多，我们提出了针对旅客和货主的"四心"方针，即"放心、顺心、舒心、动心"，这也是航空公司应该提供给旅客和货主的最基本的服务。这几年来，国航广泛开展的以安全为核心的"放心工程"，以航班正点和整个服务过程的流畅为核心的"顺心工程"，以旅客舒适为核心的"舒心工程"，以尽量满足旅客合理的个性需求为核心的"动心工程"，从更高的层次、更宽的视野，深化了对服务内涵和外延的认识，提高了国航的服务质量和水平，也提升了国航的市场竞争力。

我们对公司的党务工作者还提出了要做到"日常会服务、思想会引路、矛盾能消解、关键能把住"的要求。要善于学会把大道理讲小，小中见大；把深道理讲浅，深入浅出；把虚道理讲实，以实见真；把歪道理讲正，以正祛"邪"，让员工觉得可亲、可近、可信。机关领导干部要按照"站起来能讲、坐下来能写、走下去能干"的要求提高自身素质。至于什么是人才，可归纳为"能想事、会干事、能成事、不出事"。

我常给人们讲"猪吃食""理论"：一群猪围着猪食槽吃食，抢占了有利地形后埋头苦"吃"，根本用不着左顾右盼，后来者围着一圈圈转，急得够呛，就是捞不着吃。搞企业也是一样，要特别重视抢占市场先机，一旦占据了有利地位就牢牢守住阵地，不能让人钻进来。

我也给人们讲过"拉套""理论"：一个班子就像是一套马车，正职是"驾辕"的，"驾辕者"要把握好方向，掌握好全局，搞好各方面的协调。副职是拉"偏套"的，但拉"偏套"的要使"正劲"。我还用托尔斯泰的名言回答过企业盈亏问题：现在，经常有人问我为什么能盈利，盈利的秘诀在什么地方？托尔斯泰说幸福的家庭都是相似的，不幸的家庭各有各的不幸，那么从我对企业的观察来看，盈利的企业个个相似，亏损的企业也个个相似。

前年，国航一家合作方在海南三亚市联手盘活国航早年购置的土地，开发了一个酒店项目。我对这个项目提出的概念是，让人看见就想住，住下不想走，走了还想来。结果，在多方的努力下，该项目成为三亚市最优秀的地产项目之一，并取得了较高的收益。

科学的思维方式和正确的思想方法，敏捷的反应和新颖的念头，不是天上掉下来的，也不是头脑里固有的，而是长期坚持学习、努力实践和勤于思考的结果。"悟性"，是一个人综合素质的体现。

韩愈在《师说》中讲："师者，传道、授业、解惑也。"我认为这还不够，还应加上"启智"二字。因为"传道、授业、解惑"，都是站在老师的角度，并没有站在学生的角度，去调动学生的积极性和创造性。只有"启智"，打开学生的智慧之门，才能收到更好的教育效果。对于领导者来说，也有个"启智"的责任，即发掘群众的聪明才智，改善群众的某些陈旧思维和落后观念，使他们变得自信、理智和聪明起来。

作为军人，可以一个月彻底改变一个班，三个月到半年改变一个排，半年到一年改变一个连，但改变一个团至少得两年。面对国航这个庞大的体系，也只有通过正确的理念、观念的灌输和普及，通过科学的思维方式和思想方法的认知、确立，才能更大程度地凝聚企业的力量，统一发展的方向，改善人的心智模式。

自 2000 年进入国航以来，我和新班子把大部分精力放在了对国航思维观念的转变和人才队伍的建设上，一个企业，也许有好的战略并不难，但要确保战略和思路得以贯彻、执行，却必须上下默契，达成共识，而这不是一件容易的事。但令人欣喜的是，经过国航班子几年的努力，国航人的思维方式、思想方法和思维观念正发生着深刻变化，科学发展观正日益深入人心，引领着国航的发展道路。国航人辛勤创造的可喜业绩正浓墨重彩地书写在蓝天白云之间。

还有什么比这更令人欣慰的吗？

# 再次印刷后记

《大道相通》首次出版发行后，引起了广泛反响。社会各界对中航集团和国航的关心、关注，会成为我们进一步做好工作的巨大动力。

许多员工告诉我，看这本书感到特别亲切。其实，中航集团和国航这几年的发展，是全体员工共同努力的结果。这本书是把我们共同的实践，特别是经营管理方面的感受作了系统的梳理。它不属于我个人，属于中航集团和国航的全体员工。我感觉到中航集团和国航还有很多方面的内容没有归纳进去，尤其是受篇幅所限，广大员工对企业所作出的贡献没能一一展现。

这本书正式出版发行后，不少朋友打来电话，说这几年只是从乘坐飞机感受到国航的巨大变化和服务品质的不断提升，想不到背后还有这么多故事。我告诉他们，国航的发展变化要感谢顾客！他们的需求是我们国航不断发展、持续创新的最大动力！中航集团和国航这几年改革发展的成绩，也得益于社会的各界支持、关心和帮助！

本书的再次印刷，正值党的十七大召开前夕。由此，我感慨万分，像中航集团和国航这样一个企业，在改革发展过程中所经历的事情、取得的成就，从某种意义上来说，也不完全属于中航集团和国航，而是属于中国改革开放这个伟大的时代。